세 마리 토끼 잡는 독서논술

P4

유아~초1

저자: 지에밥 창작연구소_

'지에밥'은 '찐 밥'이라는 뜻을 가진 순우리말로, 감주 · 막걸리 · 인절미 등 각종 음식의 재료를 뜻합니다.
'지에밥 창작연구소'는 차지고 윤기 나는 밥을 짓는 어머니의 정성처럼 좋은 내용으로 세상 모든 사람들에게 넉넉하게 쓰일 수 있는 지혜를 선물하고 싶습니다.

이 책을 쓴 지에밥 연구원들_

강영주(지에밥 창작연구소 소장, 빨간펜 논술, 기탄 국어 등 기획 개발), 김경선(동화작가 및 기획 편집자), 김혜란(동화작가, 아동문학가협회 회원), 왕입분(동화작가 및 기획 편집자), 우현옥(동화작가), 이현정(동화작가), 이혜수(기획 편집자), 이현정(동화작가 및 기획 편집자), 정성란(동화작가), 조은정(동화작가 및 기획 편집자), 최성옥(기획 편집자), 한현주(동화작가), 한화주(동화작가), 홍기운(동화작가 및 기획 편집자)

이 책을 감수한 선생님들_

권영민(서울대학교 국어국문학과 교수), 홍준의(서원대학교 과학교육과 교수), 김병구(숙명여자대학교 의사소통센터 교수), 문영진(전북대학교 국어교육과 교수), 조현일(원광대학교 국어교육과 교수), 김건우(대전대학교 국어국문학과 교수), 유호종(서울대학교 철학박사), 구자송(상암고등학교 국어 교사), 김영근(서울과학고등학교 국어 교사), 최영환(여의도고등학교 국어 교사), 구자관(한성과학고등학교 국어 교사), 윤성원(한성과학고등학교 국어 교사), 장원영(세화고등학교 역사 교사), 박영희(대왕중학교 과학 교사), 심선희(서울고등학교 과학 교사), 한문정(숙명여자고등학교 과학 교사)

세 마리 토끼 잡는 독서 논술 P4권

펴낸날 2021년 12월 15일 개정판 제9쇄
지은이 지에밥 창작연구소 | **연구원** 김지연, 조은정, 이자원, 차혜원, 박수희 | **펴낸이** 주민홍 | **펴낸곳** ㈜NE능률 | **디자인** framewalk | **삽화** 김석류(표지, 캐릭터) | **영업** 한기영, 이경구, 박인규, 정철교, 김남준, 김남형, 이우현 | **마케팅** 박혜선, 고유진, 김여진 | **주소** 서울특별시 마포구 월드컵북로 396(상암동) 누리꿈스퀘어 비즈니스타워 10층(우편번호 03925) | **전화** (02)2014-7114 | **팩스** (02)3142-0356 | **홈페이지** www.nebooks.co.kr | **출판등록** 제1-68호
ISBN 979-11-253-3075-2 | 979-11-253-3110-0 (set)

펴낸날 2012년 3월 1일 1판 1쇄
기획 개발 지에밥 창작연구소 | **디자인 기획 진행** 고정선 | **디자인** 유정아, 박지인, 이가영, 김지희 | **삽화** 오유선, 안준석, 정현정, 윤은하, 김민석, 윤찬진, 정효빈, 김승민

제조년월 2021년 12월 **제조사명** ㈜NE능률 **제조국** 대한민국 **사용 연령** 유아~8세

〈세 마리 토끼 잡는 독서 논술〉을 펴내며

하루하루 성장하는
내 아이의 모습을 확인하길 바라며

프랑스의 유명한 정신 분석학자이자 철학자인 라캉은 인간이 성장한다는 것은 '상징계'에 편입되는 것이라고 말했습니다. 그가 말한 상징계란 '언어를 매개로 소통하는 체계'를 의미하는데, 우리가 살아가는 세상 혹은 사회가 바로 그것입니다. 결국 한 아이가 태어나서 정신적으로 성장하는 아동기에서 가장 중요한 것은 언어로 소통하는 능력을 키우는 일입니다. 〈세 마리 토끼 잡는 독서 논술〉은 이와 같은 점에 주목하여 기획하고 구성하였습니다.

첫째, 문자 언어를 비롯하여 그림, 도표 등 다양한 상징체계를 이해하는 과정을 통해 통합적인 언어 이해력을 키울 수 있도록 하였습니다.

둘째, 텍스트 이해력뿐만 아니라 추론 능력, 구성(표현) 능력, 비판적 사고 능력 등을 통합적으로 길러서 여러 가지 문제를 해결하는 데 실질적으로 도움이 될 수 있도록 하였습니다.

셋째, 초등 교육과정의 핵심 내용과 밀접하게 연계되도록 설계하였습니다.

부모님보다 더 훌륭한 스승은 없습니다. 〈세 마리 토끼 잡는 독서 논술〉은 부모님 이외의 다른 어떤 선생님도 필요 없습니다. 이 학습 프로그램을 통해서 하루하루 성장하는 내 아이의 모습을 확인하는 기쁨을 누리시길 바랍니다.

교재의 성격

세 마리 토끼 잡는 독서 논술이란?

어떤 책인가요?

하나의 주제와 관련된 다양한 글(동화, 시, 수필, 만화, 논설문, 설명문, 전기문 등)을 읽고 통합 교과적인 문제를 풀면서 감각적 언어 능력(작품의 이해와 감상)과 논리적 이해 능력(비문학의 구조, 추론, 적용 등), 국어 지식(어휘, 문법 등), 사회와 과학 내용 등을 통합적으로 익히는 독서 논술 프로그램 학습지입니다.

몇 단계, 몇 권인가요?

〈세 마리 토끼 잡는 독서 논술〉은 다음과 같이 총 5단계, 25권입니다.

단계	P단계	A단계	B단계	C단계	D단계
대상 학년	유아~초등 1년	초등 1년~2년	초등 2년~3년	초등 3년~4년	초등 5년~6년
권 수	5권	5권	5권	5권	5권

세 마리 토끼란?

'독서', '사고', '통합 교과'의 세 가지 영역을 말합니다. 즉, 한 권의 독서 논술 책으로 다양한 장르의 글을 읽을 수 있고, 논술 문제를 풀면서 사고력을 기를 수 있으며, 초등학교 주요 교과 내용과 연계된 문제를 풀면서 통합 교과 학습을 할 수 있습니다.

독서
* 각 단계에 맞게 초등학교의 주요 교과 내용을 주제로 정함.
* 각 권의 주제와 관련된 글을 언어, 사회, 과학 등으로 나누어 읽을 수 있음.

사고
* 언어, 사회, 과학 등과 관련된 다양한 장르의 글을 읽고 논술 문제를 풀면서 생각하는 능력과 생각하는 폭을 확장할 수 있음.

통합 교과
* 다양한 장르의 글을 읽고 초등학교 국어, 사회, 과학 등의 학습 내용과 관련된 문제를 풀면서 통합 교과 학습을 할 수 있음.

하루에 세 장씩 꾸준히 학습하면 세 마리 토끼를 잡을 수 있어요.

하루에 세 장씩 학습하면 한 권을 한 달에 끝낼 수 있어요.

세 마리 토끼 잡는 독서 논술 이런 점이 다릅니다

초등학교 교과 내용과 긴밀하게 연결되어 있습니다.

각 단계의 권별 내용과 문제는 그 단계에 맞는 학년의 주요 교과 내용과 긴밀하게 연결되어 교과 학습에 도움을 줍니다.

하나의 주제를 통합 교과적으로 접근합니다.

각 권마다 하나의 주제가 있고, 그 주제를 언어, 사회, 과학과 연결시켜서 사고를 확장할 수 있게 하였습니다. 그리고 여러 교과와 연계된 문제를 풀면서 통합 교과적인 사고를 할 수 있습니다.

다양한 서술·논술형 문제를 풀 수 있습니다.

매 페이지마다 통합 교과 논술 문제를 제시하여 생각하는 힘과 표현력을 키울 수 있는 것은 물론 학교 시험에서 강화되고 있는 서술 · 논술형 문제에 대비할 수 있습니다.

다양한 장르의 글을 접할 수 있습니다.

각 주제와 관련된 명작 동화, 창작 동화, 전래 동화, 설화, 설명문, 논설문, 수필, 시, 만화, 전기문 등 다양한 장르의 글을 읽으면서 각 장르의 특성을 체험하며 독서하는 습관을 기를 수 있습니다. 특히 현재 왕성하게 활동하고 있는 여러 동화 작가의 뛰어난 창작 동화가 20여 편 수록되어 있습니다.

수준 높은 그림을 많이 제시하여 흥미롭게 학습할 수 있습니다.

어린이들은 글과 그림이 조화를 이룬 책으로 공부할 때 학습 효과를 높일 수 있습니다. 또한 좋은 그림은 어린이들의 정서 발달에 도움을 줍니다. 이런 점을 생각하여 한 페이지를 넘길 때마다 수준 높은 그림을 제시하여 어린이들이 흥미롭게 학습할 수 있도록 하였습니다.

교재의 구성

세마리 토끼잡는 독서논술은 이렇게 구성되었습니다

독서 전 활동 생각 열기

★ 한 주의 학습을 시작하기 전에 주제와 관련된 사진이나 그림을 보고, 앞으로 학습할 내용에 대해 흥미를 가질 수 있도록 하였습니다.

★ '생각 톡톡'의 문제를 풀면서 주제에 대한 자신의 경험이나 평소 생각을 돌이켜 보며 앞으로 학습할 내용을 짐작할 수 있도록 하였습니다.

★ 통합 교과 활동과 이어질 교과서의 연계 교과를 보며 교과 내용을 참고할 수 있도록 하였습니다.

독서 중 활동 깊고 넓게 생각하기

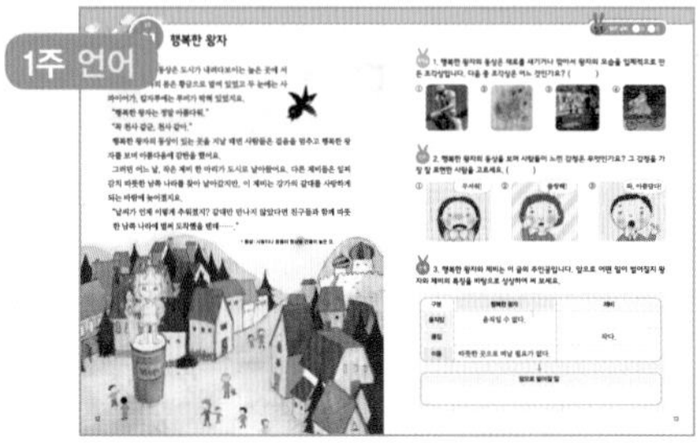

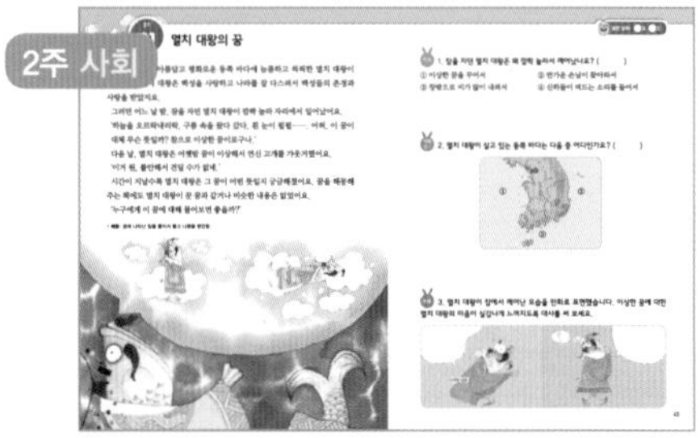

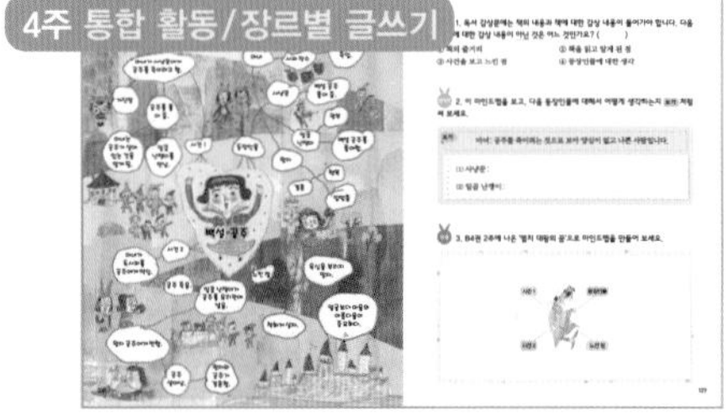

★ 한 권에 하나의 주제가 있고, 그 주제를 언어, 사회, 과학으로 나누어서 다양한 장르의 글을 읽으며 통합 교과 문제와 논술 문제를 풀 수 있도록 구성하였습니다.

★ 1주는 언어, 2주는 사회, 3주는 과학과 관련된 제재로 구성하였고, 4주는 초등 교과에서 다루고 있는 여러 가지 장르별 글쓰기(일기, 동시, 관찰 기록문, 기행문, 독서 감상문, 기사문, 논설문, 설명문, 희곡 등)와 명화 감상, 체험 학습 등의 통합 교과 활동으로 구성하였습니다.

독서 후 활동 생각 정리하기

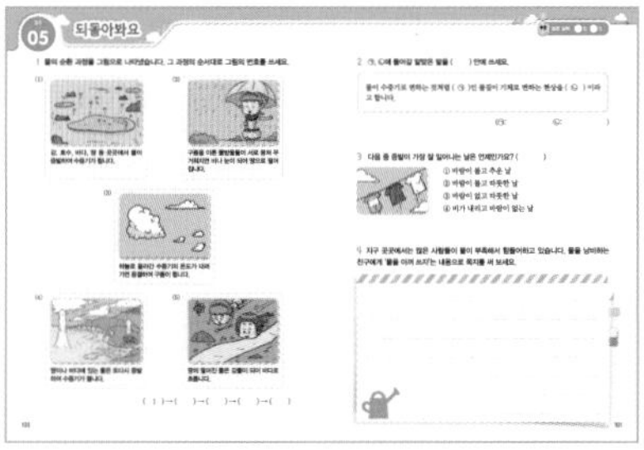

되돌아봐요

★ 앞에서 읽은 글을 돌이켜 보면서 이야기의 흐름과 중심 생각을 파악하고, 더 나아가 자신의 생각을 발전시키는 문제를 풀 수 있도록 하였습니다. 이를 통해 한 주 동안 읽고 생각한 내용을 머릿속에서 차근차근 정리할 수 있습니다.

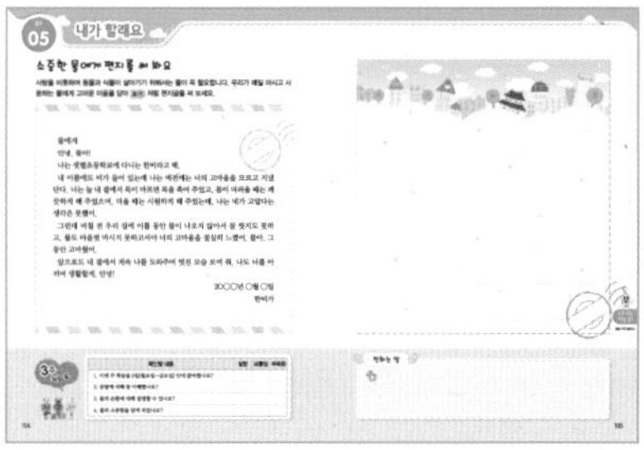

내가 할래요

★ 주제와 관련된 여러 가지 활동을 하며 한 주의 학습을 마무리할 수 있도록 하였습니다. 종이접기, 편지 쓰기, 그림 그리기 등 재미있는 활동을 하며 창의력과 상상력을 키울 수 있습니다.

★ 한 주의 학습이 끝난 다음 체크 리스트를 통해 학습한 주요 내용을 잘 이해하고 적용할 수 있는지 평가할 수 있습니다.

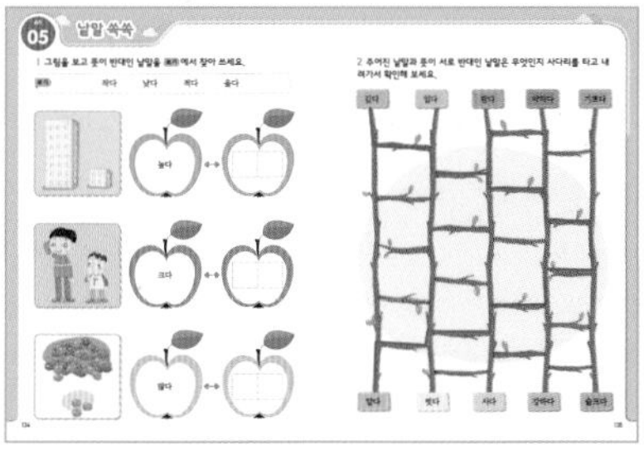

낱말 쏙쏙 (유아 P단계)

★ 한 주 동안 글을 읽으며 새로이 배운 낱말들을 그림과 더불어 살펴보고 익힐 수 있습니다.

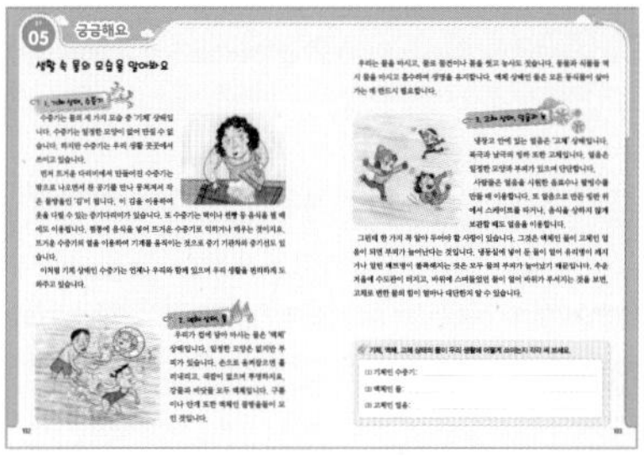

궁금해요 (초등 A~D단계)

★ 한 주 동안 읽은 글이나 주제와 관련된 배경지식을 제공하여 앞에서 학습한 내용을 좀 더 깊이 이해할 수 있습니다.

전 단계 커리큘럼

세 마리 토끼 잡는 독서논술의 커리큘럼

단계	권	주제	제재			
			언어(1주)	사회(2주)	과학(3주)	통합 활동 장르별 글쓰기(4주)
P (유아 ~초1)	1	나의 몸 살피기	뾰족성의 거울 왕비	주먹이	구슬아, 어디로 가니?	몸 튼튼, 마음 튼튼
	2	예절 지키기	여우와 두루미	고양이가 달라졌어요	비비네 집으로 놀러 와!	안녕하세요?
	3	친구와 사귀기	하얀 토끼, 까만 토끼	오성과 한음	내 친구를 자랑합니다!	거꾸로 도깨비 나라
	4	상상의 즐거움	헤라클레스의 모험	용용 죽겠지?	나는야 좋은 바이러스	상상이 날개를 달았어요
	5	정리와 준비의 필요성	지우개야, 고마워!	소가 된 게으름뱅이	개미 때문에, 안 돼~!	색깔아, 모양아! 여기 모여라!
A (초1 ~초2)	1	스스로 하기	내가 해 볼래요!	탈무드로 알아보는 스스로 하는 힘	우리도 스스로 잘 살아요	일기를 써 봐요
	2	가족의 소중함	파랑새	곰이 된 아빠	동물들의 특별한 아기 기르기	편지를 써 봐요
	3	놀이의 즐거움	꼬부랑 할머니와 흰 눈썹 호랑이	한 번도 못 해 본 놀이	동물 친구들도 노는 게 좋대요	머리가 좋아지는 똑똑한 놀이
	4	계절의 멋	하늘 공주가 그린 사계절	눈의 여왕	나뭇잎을 관찰해요	동시를 써 봐요
	5	자연 보호	세모산 솔이	꿀벌 마야의 모험	파브르 곤충기 (송장벌레)	관찰 기록문을 써 봐요
B (초2 ~초3)	1	학교생활	사랑의 학교	섬마을 학교가 좋아졌어요	우리 반 사고뭉치 기동이	소개하는 글을 써 봐요
	2	호기심 과학	불개 이야기	시턴 "동물기" (위대한 통신 비둘기 아노스)	물을 훔쳐 간 범인을 찾아라!	안내하는 글을 써 봐요
	3	여행의 즐거움	하나의 빨간 모자	15소년 표류기	갯벌 탐사 여행	기행문을 써 봐요
	4	즐거운 책 읽기	행복한 왕자	멸치 대왕의 꿈	물의 여행	독서 감상문을 써 봐요
	5	박물관 나들이	민속 박물관에는 팡이가 산다	재미있는 세계 이야기 박물관	과학관으로 놀러 오세요	광고하는 글을 써 봐요

단계	권	주제	제재			
			언어(1주)	사회(2주)	과학(3주)	통합 활동 장르별 글쓰기(4주)
C (초3 ~초4)	1	교통의 발달	자동차의 왕, 헨리 포드	당나귀를 타려다가……	교통수단, 사람들 사이를 잇다	명화 속 교통수단
	2	날씨와 환경	그리스 로마 신화	북극 소년 피터	생활 속 과학	날씨와 생활
	3	나누며 사는 삶	마더 테레사	민들레 국숫집	지진과 화산	주장하는 글을 써 봐요
	4	지역의 자연환경	울산 바위의 유래	우리 마을이 최고야!	아름다운 우리 고장	우리 마을 지도를 그려 봐요
	5	지역의 문화	준치가 메기 된 날	강릉의 딸, 겨레의 어머니 신사임당	우리나라 풀꽃 이야기	지역 특산물을 소개해 봐요
D (초5 ~초6)	1	우리 역사	삼국유사	옛날 사람들은 어떻게 살았을까?	역사를 바꾼 겨레 과학	지붕 없는 박물관, 경주 역사 유적 지구
	2	문화재	반야산 불상의 전설	난중일기	우리 문화에 숨어 있는 과학	설명하는 글은 어떻게 쓸까요?
	3	경제생활	탈무드로 만나는 경제	나눔을 실천한 기업가 유일한	재미있는 확률 이야기	기사문은 어떻게 쓸까요?
	4	정보화 사회	컴퓨터 천재 빌 게이츠	봉수와 파발	컴퓨터와 인터넷 세상	연설문은 어떻게 쓸까요?
	5	세계와 우주	우주를 여행하는 과학자 스티븐 호킹	80일간의 세계 일주	별과 우주	희곡은 어떻게 쓸까요?

교재의 학습 방법

세 마리 토끼 잡는 독서 논술 이렇게 공부하세요

자신 있게 학습할 수 있는 단계를 선택하세요.

〈세 마리 토끼 잡는 독서 논술〉은 어린이 개인의 능력에 따라 단계를 선택하여 학습할 수 있는 교재입니다. 학년과 상관없이 자신이 자신 있게 학습할 수 있는 단계부터 선택하는 것이 중요합니다. 너무 어려운 단계나 너무 쉬운 단계를 선택하면 학습에 흥미를 잃을 수 있으므로 주의하세요.

한 주 동안 읽어야 할 독서 자료를 미리 읽으세요.

한 주 동안 읽어야 할 독서 자료를 미리 읽고 전체 내용을 파악한 다음, 매일 3장씩 읽고 문제를 푸는 것이 독서 학습을 하는 데 효과적입니다. 독서에는 흐름이 있습니다. 전체의 흐름을 미리 알고 세부적인 문제를 푸는 것이 사고력 확장에 도움이 됩니다.

매일 3장씩 꾸준히 공부하세요.

'가랑비에 옷이 젖는다.'라는 속담처럼 매일 꾸준히 3장씩 읽고, 생각하고, 표현하다 보면 독서, 사고, 통합 교과적 사고 능력이 성장한다는 것을 느낄 수 있을 것입니다. 그리고 매일 학습을 마친 뒤에는 '1일 학습 끝!' 붙임 딱지를 붙이면서 성취감을 느껴 보세요.

한 주 학습을 마친 후 자기 평가를 해 보세요.

한 주 학습이 끝난 다음에는 체크 리스트를 통해 학습한 내용을 얼마나 이해하고 적용할 수 있는지 스스로 평가해 보세요. 그래서 부족한 부분이 있다면 다시 한번 짚고 넘어가세요.

부모님과 깊이 있는 대화를 나누어 보세요.

한 주 동안 독서 자료를 읽고 문제를 풀면서 생각하고 표현해 보았다면, 그 주제에 대해 부모님과 이야기를 나누어 보세요. 주제에 대해 자신이 새롭게 알게 된 것이나 다르게 생각하게 된 것을 부모님과 이야기하다 보면 생각이 더욱 커진답니다.

한 주 학습표

일	월	화	수	목	금	토

★ 한 주 동안 읽어야 할 독서 자료 미리 읽기

★ 매일 3장씩 학습하기 → '1일 학습 끝!' 붙임 딱지 붙이기 → 한 주 학습이 끝나면 체크 리스트를 보며 평가하기

★ 부족한 부분 되짚기
★ 주요 내용 복습하기

세 마리 토끼 잡는 독서논술

P 단계

4권

주제	주	제목	교과 연계 내용
상상의 즐거움	언어(1주)	헤라클레스의 모험	[국어 1-1] 바른 자세로 읽고 쓰기 / 받침이 있는 글자를 읽고 쓰기 / 문장에 어울리는 낱말 넣기
			[국어 3-1] 일이 일어난 까닭 알기
			[국어 3-2] 인상 깊은 경험으로 글쓰기 / 인물의 말과 행동 생각하며 읽기
	사회(2주)	용용 죽겠지?	[국어 3-2] 하루 동안에 겪은 일 말하기
			[통합교과 봄1] 친구에 대하여 알기 / 친구와 사이좋게 지내기 / 교실에서 지켜야 할 규칙 알기
			[통합교과 봄2] 봄 날씨 알기
			[통합교과 겨울2] 다른 나라에 관심 갖기 / 겨울 방학 알차게 보내기
	과학(3주)	나는야 좋은 바이러스	[국어 3-1] 낱말의 의미 짐작하기 / 글을 읽고 의견 파악하기
			[통합교과 여름1] 여름철 건강 지키는 방법 알기
			[통합교과 봄2] 몸에 있는 여러 부분의 이름과 특징 알기 / 몸을 깨끗이 해야 하는 이유를 알고 실천하기
	통합 활동 (4주)	상상이 날개를 달았어요	[국어 1-1] 낱말의 소리와 뜻을 생각하며 여러 가지 말놀이하기
			[통합교과 봄1] 봄과 관련 있는 동식물 알기
			[통합교과 여름1] 여름의 느낌 다양하게 표현하기
			[통합교과 봄2] 봄 날씨 알기 / 몸과 관련한 노래 부르기 / 몸으로 표현하기
			[통합교과 여름2] 여름 동식물 표현하기

1주
헤라클레스의 모험

그리스·로마 신화

• 작품 설명: 옛날 그리스와 로마 사람들이 믿던 신과 영웅의 이야기예요. '헤라클레스의 모험'은 그리스 신화에서 가장 힘이 세고 유명한 영웅인 헤라클레스의 이야기이지요. 헤라클레스는 신인 제우스와 인간인 여인 사이에서 태어났어요. 그래서 제우스의 부인인 헤라의 미움을 받아 열두 가지 모험을 겪게 되지요. 헤라클레스가 겪게 되는 열두 가지 모험은 무엇인지 함께 따라가 볼까요?

생각톡톡 여러분 집에서 가장 힘센 사람은 누구인가요?

관련교과 **[국어 1-1]** 바른 자세로 읽고 쓰기 / 받침이 있는 글자를 읽고 쓰기 / 문장에 어울리는 낱말 넣기
[국어 3-1] 일이 일어난 까닭 알기

1주

01 헤라클레스의 모험

헤라클레스는 최고의 신 제우스의 아들이에요.
"으라차차! 신들도 나보다 힘이 세지 않을 거다!"
헤라 여신은 힘자랑을 하는 헤라클레스가 미웠어요.
그래서 에우리스테우스 왕에게 헤라클레스를
혼내 주라고 말했지요.

과학 탐구 제우스는 천둥과 번개를 다스리는 신이에요. 번개의 모습으로 알맞은 것에 ○표 하세요.

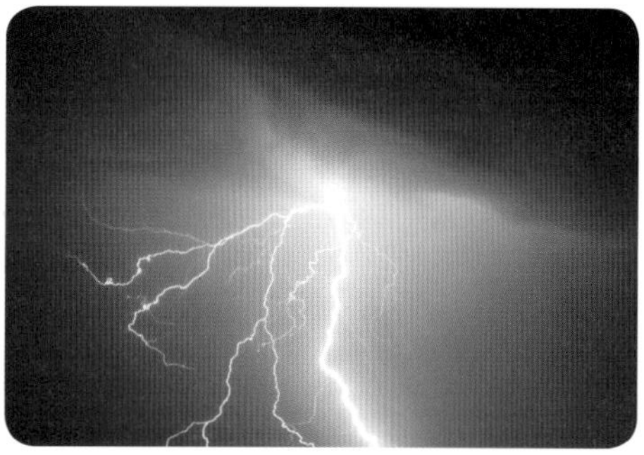

예체능 힘이 센 헤라클레스가 무엇을 들고 있는 것일까요? 상상하여 그려 보세요.

왕은 헤라클레스를 불러 말했어요.
“사람을 잡아먹는 괴물 사자를 잡아 오너라.”
용감한 헤라클레스는 사자를 맨손으로 잡아 왔어요.
왕은 그 소식을 듣고 깜짝 놀랐지요.
‘어이쿠, 더 어려운 일을 시켜야겠군.’

과학 탐구 헤라클레스는 괴물 사자를 맨손으로 잡았어요. 사자의 모습으로 알맞은 것에 ◯표 하세요.

언어 사람들은 괴물 사자를 잡은 헤라클레스를 어떻게 생각했을까요? 알맞은 것을 찾아 색칠하세요.

고마워했어요.	미워했어요.	슬퍼했어요.

논술 여러분이 에우리스테우스 왕이라면 헤라클레스에게 어떤 일을 시킬지 써 보세요.

보기 나의 숙제를 다 해 놓거라.

"머리가 아홉 개 달린
히드라를 죽여라."
히드라는 머리를 잘라도 새로 돋아나는
무서운 괴물 뱀이었어요.
헤라클레스는 히드라의 머리를 자르고
머리가 다시 나오지 못하게 불로 지졌어요.
결국 괴물 뱀 히드라는 죽고 말았지요.

수리 탐구 히드라는 머리가 아홉 개 달린 괴물 뱀이에요. 아홉을 숫자로 쓰세요.

1주 1일 학습 끝!

붙임 딱지 붙여요.

예체능 화가들은 헤라클레스가 히드라를 무찌르는 장면을 작품으로 만들었어요. 두 작품에서 히드라를 각각 찾아 ○표 하세요.

예체능 히드라는 머리가 아홉 개 달린 괴물 뱀이에요. 여러분이 상상하는 히드라의 모습은 어떤지 그려 보세요.

"30년 동안 치우지 않은 *외양간을 청소해라."
헤라클레스는 더러운 외양간을 보고 화가 나서
커다란 바위를 계곡으로 던졌어요.
바위는 졸졸 흐르던 계곡물을 막아 버렸지요.
그런데 잠시 후 바위가 들썩이더니 거센 물줄기가
외양간을 덮쳐 더러운 것을
싹 쓸어 가 버렸어요.

*외양간: 말과 소를 키우는 곳.

사회 탐구 헤라클레스는 더러운 외양간을 청소했어요. 외양간의 모습으로 알맞은 것을 붙임 딱지에서 찾아 ?에 붙이세요.

?

언어 헤라클레스가 외양간을 청소하는 데 이용한 것으로 알맞지 <u>않은</u> 것에 ✕표 하세요.

돌(바위)

물

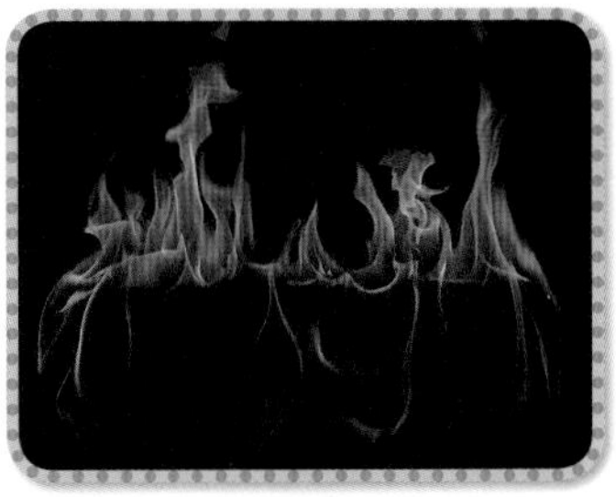
불

논술 더러운 외양간을 청소하는 방법에는 어떤 것이 있을까요? 여러분의 생각을 써 보세요.

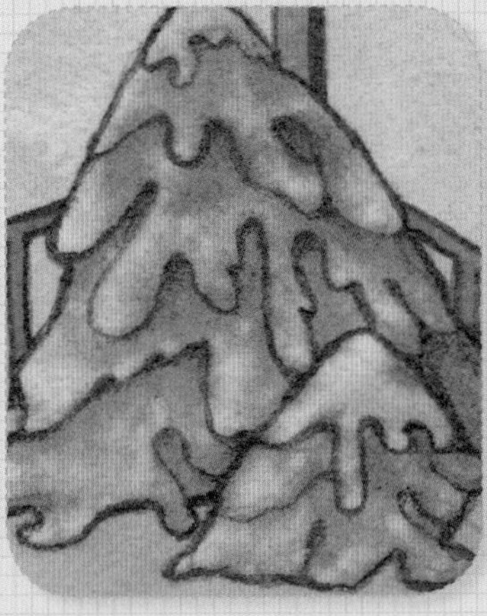

보기 소방차로 물을 뿌려 더러운 것이 쓸려 나가게 해요.

'무언가 더 어려운 일이 있을 거야.'
하지만 헤라클레스는 사람을 잡아먹는
새 떼를 쫓아냈고, 커다란 소도 잡아 왔어요.
왕은 약이 바짝 올라서 황금 뿔 사슴과 괴물 멧돼지,
사람을 먹는 말을 잡아 오라고 시켰어요.
헤라클레스는 이 모든 일을 거뜬히 해냈답니다.

과학 탐구 사슴과 멧돼지처럼 숲이나 산에 사는 동물로 알맞지 않은 것을 찾아 ✕표 하세요.

산토끼

바다거북

사슴벌레

다람쥐

논술 헤라클레스는 어떻게 새 떼를 쫓아내고 커다란 소를 잡아 왔을까요? 상상하여 써 보세요.

보기 시끄러운 소리를 내어 쫓았어요.

보기 소의 뿔을 잡고 넘어뜨려 잡았어요.

왕은 싸움을 잘하는 아마존*족을 찾아가
여왕의 허리띠를 가져오라고 시켰어요.
헤라클레스는 아마존족을 무찌르고 허리띠를 가져왔지요.
왕은 헤라클레스를 멀리 보내야겠다고 생각했어요.
"서쪽 바다 끝 멀고 먼 섬에 사는
괴물 게리온의 소들을 훔쳐 오너라."

* **아마존**: 그리스 신화에 나오는 힘을 잘 쓰는 여자 부족.

1주 2일 학습 끝!

붙임 딱지 붙여요.

언어 왕이 헤라클레스에게 아마존 여왕에게서 가져오라고 한 것은 무엇인지 찾아 ◯표 하세요.

목걸이

옷

허리띠

사회 탐구 괴물 게리온의 소가 있는 곳은 어느 쪽인지 찾아 색칠하세요.

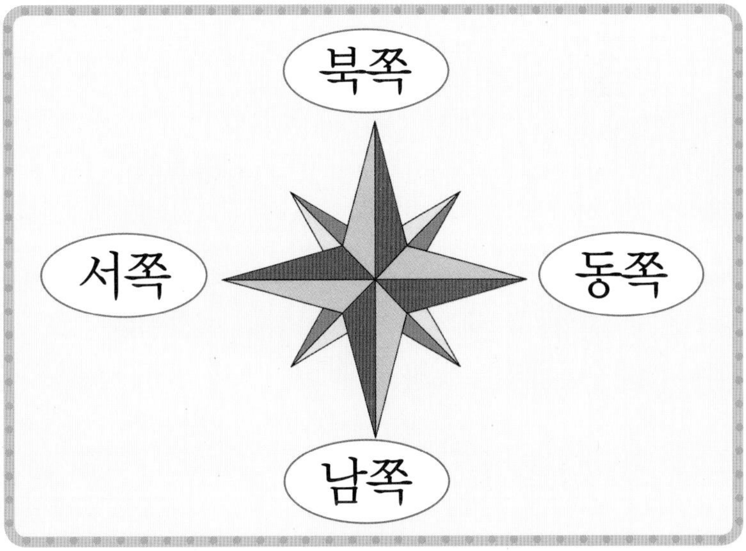

논술 왕은 멀고 먼 섬으로 헤라클레스를 보냈어요. 여러분이라면 헤라클레스를 어디로 보낼지 써 보세요.

보기 나라면 헤라클레스를 우주 너머로 보낼 거예요.

....

....

헤라클레스는 게리온을 쉽게 무찔렀어요.

그러고는 태양신에게 배를 빌려 소들을 실었지요.

"이제는 뱃길을 만들어 볼까!"

헤라클레스는 몽둥이로 땅을 힘껏 내리쳤어요.

"꽈광! 쩌저적!"

커다란 소리와 함께 땅이 갈라지더니

새로운 바닷길이 생겼어요.

언어 헤라클레스는 소를 데리고 가기 위해 어떤 탈것을 이용했나요? 알맞은 것을 찾아 ○표 하세요.

비행기

자동차

배

예체능 헤라클레스가 태양신에게 빌린 배는 어떻게 생겼을까요? 상상하여 자유롭게 그려 보세요.

왕은 아무리 어려운 일도 쉽게 해내는
헤라클레스가 무서웠어요.
'만일 헤라 여신이 아끼는 걸 도둑맞으면
헤라클레스를 크게 벌주겠지.'
왕은 헤라의 황금 사과를 훔쳐 오라고 시켰어요.
황금 사과를 찾던 중에 헤라클레스는 간*을 쪼아 먹는
독수리에게서 프로메테우스를 구해 주었어요.
그러자 프로메테우스는
아틀라스를 찾아가 도움을
청하라고 일러 주었어요.

* 간: 가슴 밑 오른쪽에 있는 기관.

언어 왕이 헤라클레스에게 훔쳐 오라고 한 것은 무엇인지 찾아 색칠하세요.

독수리　　황금 가면　　황금 사과

과학 탐구 프로메테우스는 신에게서 불을 훔쳐 독수리에게 간을 쪼아 먹히는 벌을 받았어요. 독수리가 사는 곳을 찾아 ○표 하세요.

하늘

바다

논술 '리' 자로 끝나는 낱말을 보기 에서 찾아 써서 노랫말을 완성해 보세요.

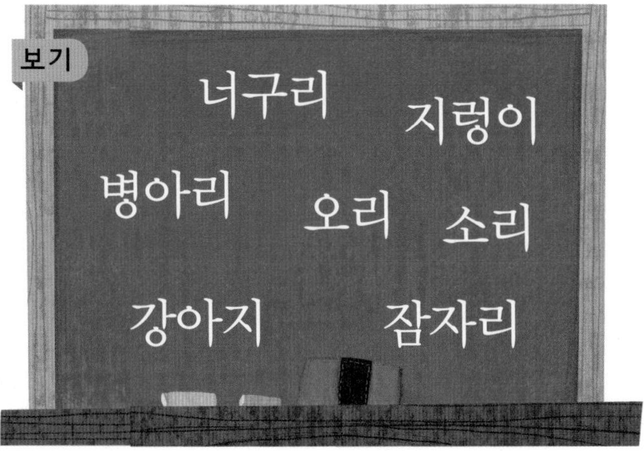

헤라클레스는 지구를 들고 있는
아틀라스를 찾아가 부탁했어요.
"헤라의 황금 사과를 따다 주시오."
"나 대신 지구를 들어 준다면 따다 주겠소."
헤라클레스는 지구를 번쩍 들었어요.

언어 헤라클레스가 아틀라스에게 부탁한 말을 찾아 줄로 이으세요.

헤라의 황금 사과를 따다 주시오.

지구를 드는 방법을 알려 주시오.

1주 3일 학습 끝!

붙임 딱지 붙여요.

언어 아틀라스는 제우스와의 싸움에서 져서 '이것'을 드는 벌을 받았어요. '이것'은 무엇인지 붙임 딱지에서 찾아 ?에 붙이세요.

?

논술 헤라의 황금 사과에는 어떤 특별한 힘이 있을까요? 황금 사과를 색칠한 다음, 자유롭게 상상하여 써 보세요.

다음 날 아틀라스는 황금 사과를 가져왔지만

다시 지구를 들기는 싫었어요.

헤라클레스는 아틀라스의 마음을 알아챘지요.

"자세가 나빠 지구를 떨어뜨릴 것 같으니

잠시만 들어 주겠소?"

아틀라스가 다시 지구를 받아 들자

헤라클레스는 황금 사과를

들고 쌩하니 가 버렸답니다.

언어 헤라클레스는 자세가 나빠 지구를 떨어뜨릴 것 같다고 했어요. 책을 읽고 글씨를 쓸 때에도 자세가 중요해요. 바른 자세에 각각 ○표 하세요.

책 읽을 때

글씨 쓸 때

논술 여러분이 아틀라스라면 헤라클레스의 말을 듣고 어떻게 대답했을지 써 보세요.

헤라클레스가 황금 사과를 무사히 가져오자, 이번에는
왕이 평소에 탐을 내던 *저승의 개를 가져오라고 시켰어요.
헤라클레스는 저승의 왕을 찾아가 부탁했어요.
"저승의 개를 잠시만 빌려주십시오."
그러자 저승의 왕 하데스가 대답했어요.
"무기를 쓰지 않고 데려간다면 *허락하겠소."

* **저승**: 사람이 죽은 뒤에 그 혼이 가서 산다고 하는 세상.
* **허락**: 부탁받은 일을 하도록 들어줌.

언어 헤라클레스가 저승에 간 까닭을 알맞게 말한 것을 찾아 색칠하세요.

저승의 왕을 데려오려고

저승의 왕에게 개를 선물하려고

저승의 개를 가져오려고

언어 보기 와 같이 뜻이 반대인 낱말끼리 묶은 것을 모두 찾아 ○표 하세요.

보기 이승 ↔ 저승

낱 ↔ 밤

기쁨 ↔ 슬픔

친구 ↔ 동무

논술 무기를 쓰지 않고 저승의 개를 데려가는 방법에는 무엇이 있을까요? 여러분의 생각을 써 보세요.

보기 개가 좋아하는 먹이를 주어 데려가요.

헤라클레스는 맨손으로 개를 잡아 왕에게 갔어요.
궁전에 온 저승의 개는 왕을 잡아먹으려고
으르렁거리며 날뛰었어요.
왕은 도망 다니며 소리쳤어요.
"어이쿠, 다시는 일을 시키지 않을 것이니
저 개를 당장 저승으로 돌려보내거라!"
헤라클레스는 개를 다시 저승으로 돌려보내고
드디어 자유*의 몸이 되었답니다.

* 자유: 행동이나 말 따위를 자기 마음대로 할 수 있는 상태.

언어 **헤라클레스가 저승의 개를 잡은 방법으로 알맞은 것에 ○표 하세요.**

맨손으로 잡았어.

올가미로 잡았지.

1주 4일 학습 끝!

붙임 딱지 붙여요.

언어 **왕과 헤라클레스의 기분으로 알맞은 것을 찾아 줄로 이으세요.**

왕

저승의 개가 날뛰어서 •

• 무서워요.

헤라클레스

자유의 몸이 되어서 •

• 기뻐요.

논술 **자유의 몸이 된 헤라클레스는 그 뒤 무엇을 하며 지냈을까요? 상상하여 써 보세요.**

보기 힘자랑을 하지 않고 조용히 살았어요.

되돌아봐요

| '헤라클레스의 모험'을 잘 읽었나요? 헤라클레스는 에우리스테우스 왕이 시킨 일을 모두 해냈어요. 헤라클레스가 한 일을 순서대로 따라가 보세요.

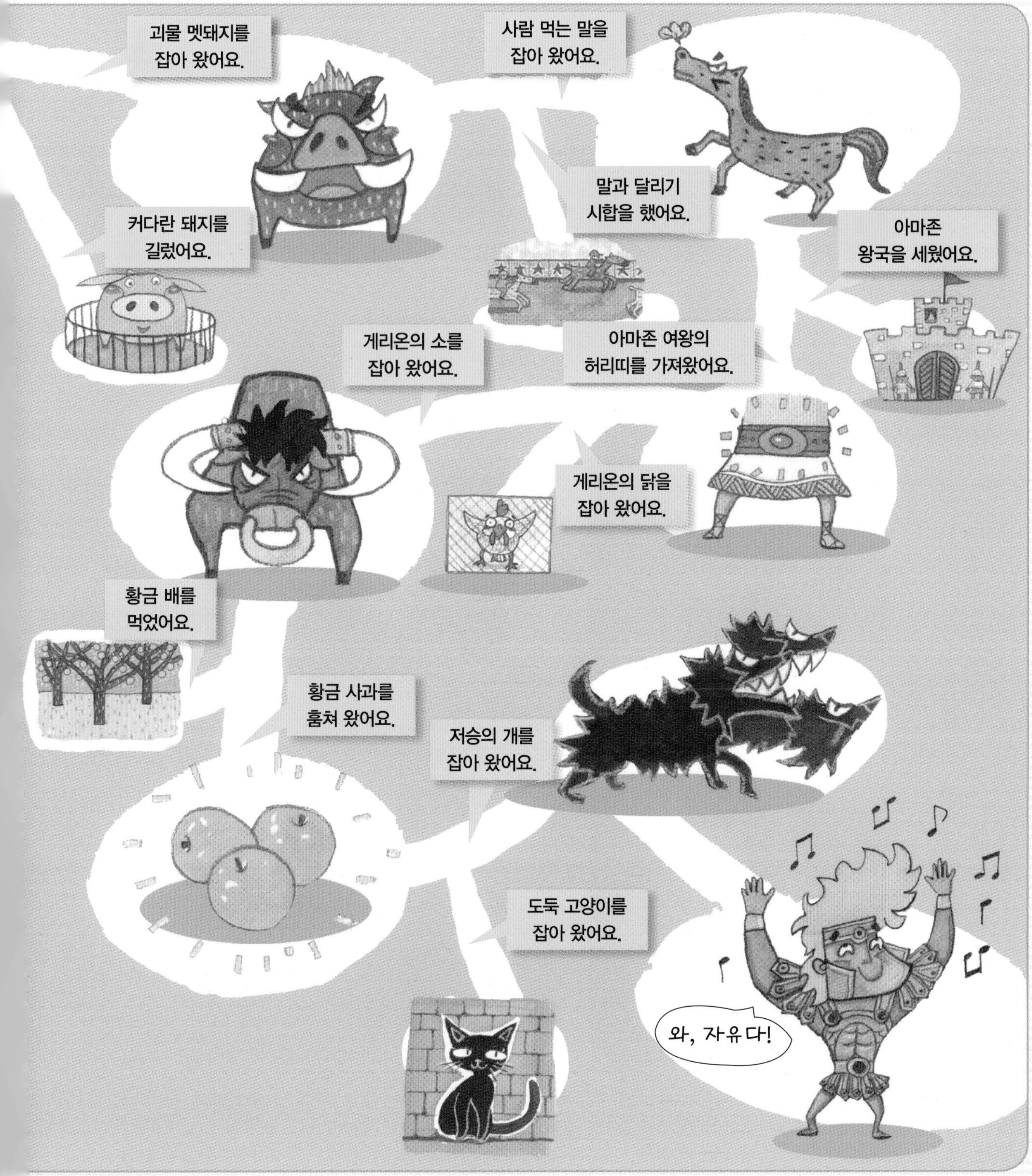
괴물 멧돼지를 잡아 왔어요.
사람 먹는 말을 잡아 왔어요.
커다란 돼지를 길렀어요.
말과 달리기 시합을 했어요.
아마존 왕국을 세웠어요.
게리온의 소를 잡아 왔어요.
아마존 여왕의 허리띠를 가져왔어요.
게리온의 닭을 잡아 왔어요.
황금 배를 먹었어요.
황금 사과를 훔쳐 왔어요.
저승의 개를 잡아 왔어요.
도둑 고양이를 잡아 왔어요.
와, 자유다!

1주

05

낱말 쏙쏙

사진에 알맞은 낱말을 보기 에서 찾아 쓰고, 읽어 보세요.

보기 사자 독수리 사슴 개 말 소

2 보기 와 같이 같은 글자로 시작하거나 끝나는 낱말을 모두 찾아 ○표 하세요.

보기

바다

바위 너구리 바구니

사과

사슴 소나기 사자

몽둥이

지렁이 지팡이 항아리

멧돼지

병아리 강아지 송아지

나만의 별자리를 만들어요

보기 의 헤라클레스자리처럼 밤하늘의 별들을 이어서 나만의 별자리를 만들고, 이름을 지어 보세요.

보기

별자리 이름: 헤라클레스자리

확인할 내용	잘함	보통임	부족함
1. 이번 주 학습을 5일(월요일~금요일) 안에 끝마쳤나요?			
2. 헤라클레스의 열두 가지 모험을 잘 이해하였나요?			
3. 이야기에 나오는 동물의 이름을 잘 쓸 수 있나요?			
4. 나만의 별자리를 잘 만들었나요?			

1주 5일 학습 끝!

붙임 딱지 붙여요.

별자리 이름 :

전하는 말

2주 용용 죽겠지?

생각톡톡 이 사진 속 상상의 동물을 부르는 이름은 무엇인가요?

관련교과 **[국어 3-2]** 하루 동안에 겪은 일 말하기
[통합교과 봄1] 친구와 사이좋게 지내기 / 교실에서 지켜야 할 규칙 알기

2주

01 용용 죽겠지?

겨울이 오면 학교에서 연날리기 대회가 열려.
동수는 삼촌에게 연을 만들어 달라고 졸랐어.
삼촌은 *여의주를 입에 문 용 모양의 연을 만들어 주었지.
"이건 동양의 용 중에서 최고인 *청룡이란다."
"우아, 진짜 멋지다!"
동수는 용 모양의 연을 들고 학교 운동장으로 달려갔어.

* **여의주**: 용이 물고 있는 구슬로 이것을 얻으면 무엇이든 뜻하는 대로 이루어진다고 함.
* **청룡**: 동쪽을 지키는 신비한 능력을 가진 상상의 동물.

언어 청룡 모양의 연을 만든 사람은 누구인지 붙임 딱지에서 찾아 ?에 붙이세요.

?

예체능 연날리기처럼 주로 겨울철에 하는 놀이를 모두 찾아 ○표 하세요.

스키

스케이트

물놀이

논술 여의주를 갖게 되면 소원이 이루어진대요. 만약 여의주가 생긴다면 어떤 소원을 빌고 싶은지 보기 처럼 써 보세요.

동수는 어깨가 으쓱해졌어.
친구들은 *가오리연이나 *방패연을 들고 올 게 뻔했으니까.
'내 청룡 연을 보면 깜짝 놀랄 거다.'
운동장에는 단짝인 명준이가 연을 날리고 있었어.
동수는 명준이에게 연을 자랑했어.
"내 연은 청룡 모양이다. 어때 멋지지?"

* **가오리연**: 가오리 모양으로 만들어 꼬리를 길게 단 연.
* **방패연**: 방패 모양으로 만든 연.

예체능 가오리연과 방패연은 무엇을 닮아 붙여진 이름일까요? 알맞은 것을 찾아 줄로 이으세요.

가오리연

방패연

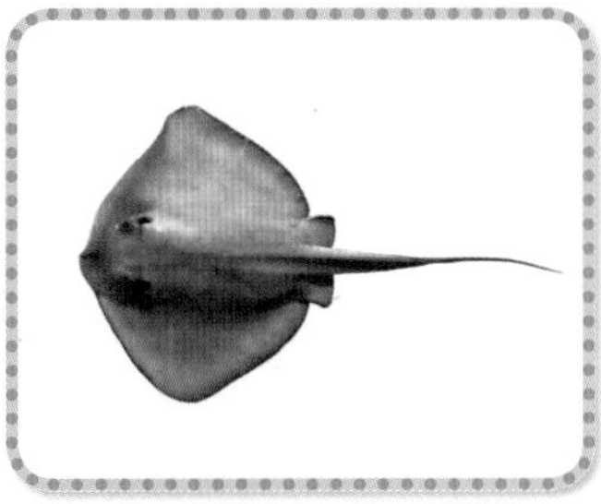

예체능 동수처럼 연날리기 대회에 나가게 된다면 어떤 연을 만들고 싶은지 그림으로 그려 보세요.

그러자 명준이가 연줄을 슬슬 잡아당기더니
자랑스럽게 자기 연을 보여 주는 거야.
"흥, 내 연이 더 크고 멋진걸."
어라? 명준이의 연도 용 모양이잖아.
그런데 동수의 연과는 어딘가 달라 보였어.
"이건 서양의 용, 드래곤이야."
만화 영화와 그림책에서 본 용이었어.

언어 각 연의 주인을 찾아 줄로 이으세요.

드래곤 연

청룡 연

동수

명준

사회 탐구 친구와 사이좋게 지내는 방법으로 바르지 못한 것을 찾아 × 표 하세요.

친구의 좋은 점을 칭찬해 주어요.

친구를 놀리거나 괴롭히지 않아요.

자신의 물건을 자랑해요.

논술 드래곤 연과 청룡 연에 각각 어울리는 이름을 지어 주세요.

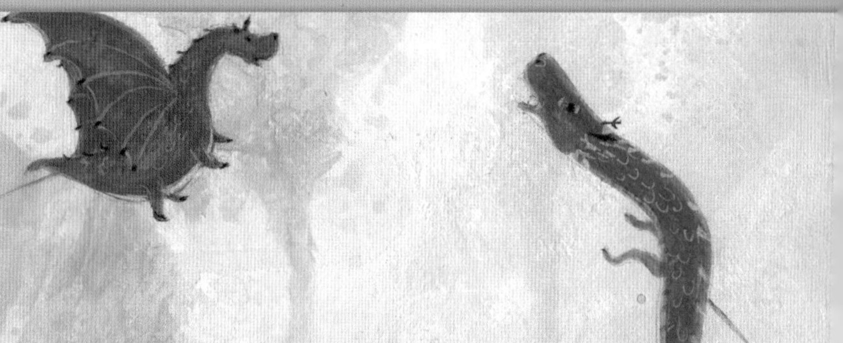

동수는 슬며시 약이 올랐어.
박쥐처럼 큰 날개가 있고 공룡처럼 몸집도 큰
명준이의 연이 더 멋있어 보였기 때문이지.
그래도 동수는 어깨에 힘을 잔뜩 주고 말했어.
"내 연이 연싸움은 제일 잘할걸?"
"좋아, 그럼 누가 빨리 연줄을 끊나 시합해 보자."

과학 탐구 **날개 모양이 서양 용과 닮은 것을 찾아 색칠하세요.**

박쥐

잠자리

나비

독수리

언어 **명준이와 동수가 하기로 한 연싸움을 찾아 ○표 하세요.**

연 높이 날리기

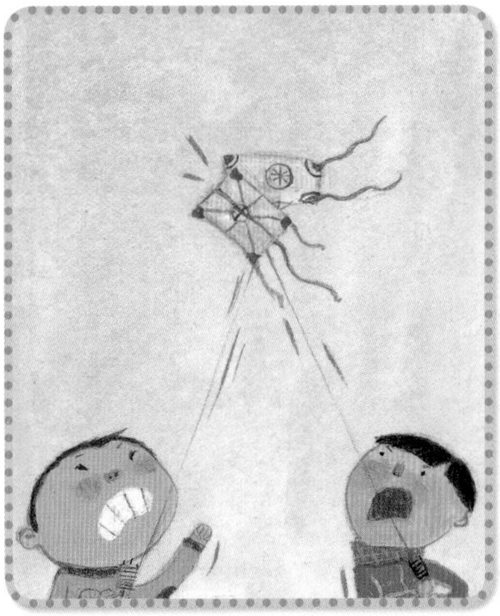

연줄 끊기

두 마리의 용은 하늘 높이 올라가서 싸우기 시작했어.

"연줄을 끊어 버려, 청룡!"

"힘으로 밀어붙여. 드래곤!"

아이들도 하나둘 모여들어 응원했지.

"청룡 이겨라!"

"드래곤 이겨라!"

과학 탐구 연을 잘 날릴 수 있는 날씨는 언제인가요? 알맞은 것에 ○표 하세요.

바람 부는 날

비 오는 날

눈 오는 날

안개 낀 날

사회 탐구 친구들과 시합이나 운동할 때의 태도로 바르지 못한 것을 찾아 색칠하세요.

"청룡은 동쪽을 지키는 *정의로운 동물이야.
악을 상징하는 드래곤에게 절대 지지 않아!"
동수가 연줄을 당기며 말했어.
"흥, 무슨 소리. 드래곤이 얼마나 강한지 알아?"
명준이도 질세라 목에 힘을 주고 소리쳤어.
그러다 그만 두 연의 줄이 끊어지고 말았지.
"어떡해! 연이 날아간다!"

* **정의롭다**: 정의에 벗어남이 없이 올바르다.

사회 탐구 청룡이 지키는 쪽은 어디인가요? 알맞은 것에 색칠하세요.

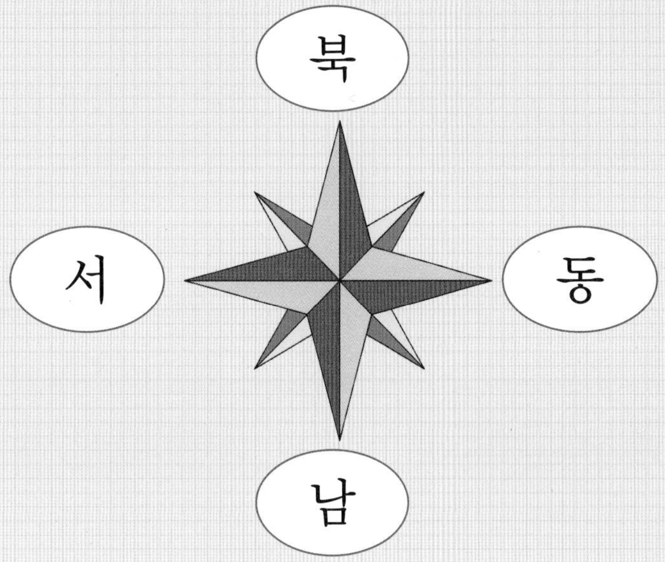

2주 2일 학습 끝!
붙임 딱지 붙여요.

논술 동양 용과 서양 용 가운데, 생김새가 더 마음에 드는 용을 골라 ○표 하고, 그 용을 고른 까닭을 써 보세요.

마음에 드는 용

동양 용

서양 용

고른 까닭

연들은 한참을 날아가다 느티나무 가지에 걸리고 말았어.
두 연은 서로를 노려보며 싸우기 시작했지.
"몸통은 물고기 *비늘 같고 꼬리는 뱀을 닮은 주제에
감히 힘센 나에게 맞서려 하다니……."
청룡 연도 큰소리로 드래곤에게 따졌지.
"힘만 세면 뭣 하니? 사람들을 괴롭히는 나쁜 용이잖아.
나는 비를 내려 사람들을 도와준다고."

* **비늘**: 물고기나 뱀 등의 껍질을 덮고 있는 얇고 단단하게 생긴 작은 조각.

언어 청룡의 몸통과 꼬리는 각각 무엇을 닮았다고 하였나요? 알맞은 것을 찾아 줄로 이으세요.

몸통 •

꼬리 •

• 

물고기 비늘

• 

뱀

논술 두 용은 서로의 나쁜 점을 이야기하며 싸우고 있어요. 두 용이 화해하려면 어떻게 해야 좋을지 여러분의 생각을 써 보세요.

그때 누군가 버럭 소리를 질렀어.
"그만해. 시끄러워서 잠을 잘 수가 없잖아."
느티나무 꼭대기에 걸려 있던 *천둥새 연이었지.
청룡 연은 그제야 주위를 둘러보았어.
느티나무에는 온갖 연들이 다 걸려 있는 거야.
머리에 뿔이 달린 *유니콘 연도 있고,
사자를 닮은 *해태 연도 있었어.

* **천둥새**: 천둥소리와 번개를 내뿜는다는 신비의 새.
* **유니콘**: 얼굴은 사슴이나 염소를 닮고 말의 몸통에 이마에 뿔이 나 있는 상상의 동물.
* **해태**: 옳고 그름을 판단하는 상상의 동물로, 사자와 비슷하나 머리에 뿔이 있음.

수리 탐구 느티나무에 걸려 있는 연의 수를 숫자로 바르게 나타낸 것에 ○표 하세요.

언어 보기 에서 설명하는 상상의 동물 이름은 무엇인가요? 알맞은 것을 찾아 색칠하세요.

보기

해태 유니콘 천둥새

천둥새 연이 점잖게 타일렀어.

“여기서 지내려면 규칙을 지켜야 해.

안 그러면 부리로 번개를 치고, 날개로 천둥을 일으킬 거야.”

해태 연도 큰 눈을 껌뻑이며 말했어.

“조심해. *봉황 연이랑 *피닉스 연도 서로 자기가

최고라고 다투다가 쫓겨났다고.”

* **봉황**: 중국의 전설에 나오는 영원히 죽지 않는 새로 좋은 기운을 상징함.

* **피닉스**: 이집트 신화에 나오는 영원히 죽지 않는 새.

언어 천둥새가 자신이 가진 신비한 힘에 대해 말하고 있어요. 알맞게 말한 것에 색칠하세요.

나는 부리로 번개를 치고 날개로 천둥을 일으켜.

나는 비를 내리게 해.

2주 3일 학습 끝!
붙임 딱지 붙여요.

사회 탐구 여러 사람이 함께 있는 곳에서 규칙을 잘 지켜야 하는 까닭으로 알맞은 것에 모두 ○표 하세요.

더 안전하고 편리하기 때문에

다른 사람에게 피해를 주지 않기 위해서

더 즐겁게 생활할 수 있기 때문에

논술 봉황과 피닉스는 모두 죽지 않는 새예요. 죽지 않고 영원히 산다면 어떤 점이 좋을까요? 여러분의 생각을 써 보세요.

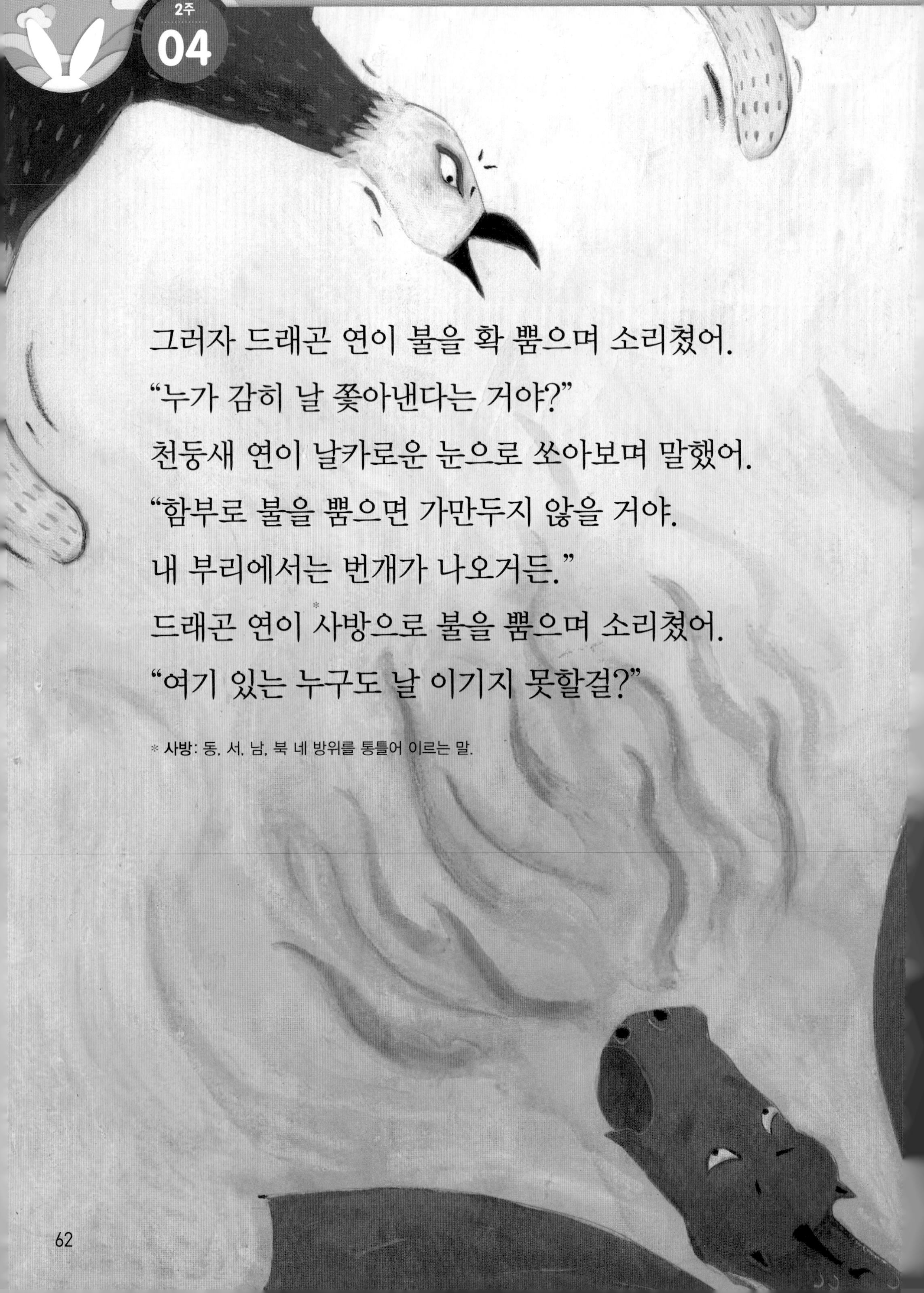

그러자 드래곤 연이 불을 확 뿜으며 소리쳤어.
"누가 감히 날 쫓아낸다는 거야?"
천둥새 연이 날카로운 눈으로 쏘아보며 말했어.
"함부로 불을 뿜으면 가만두지 않을 거야.
내 부리에서는 번개가 나오거든."
드래곤 연이 *사방으로 불을 뿜으며 소리쳤어.
"여기 있는 누구도 날 이기지 못할걸?"

* **사방**: 동, 서, 남, 북 네 방위를 통틀어 이르는 말.

언어 천둥새 연의 말을 듣고 드래곤 연이 화가 나서 내뿜은 것을 찾아 ○표 하세요.

물

불

흙

과학탐구 불에 대해 바르게 말한 것을 찾아 □ 안에 ✓표 하세요.

- 물건을 태워요. □
- 더러운 것을 씻어 내요. □
- 숨을 쉴 수 있게 해 주어요. □

논술 드래곤처럼 남의 말에 귀 기울이지 않고 자기 마음대로 행동하는 것이 옳은 일인지 여러분의 생각을 써 보세요.

그때, 언덕 아래에서 잠자던 겨울바람이
너무 *소란스러워 잠이 깼어.
"누가 내 낮잠을 깨우는 거야?
용서 못 해!"
겨울바람은 언덕을 타고 올라와
청룡 연과 드래곤 연을 거칠게 밀었어.
두 연은 날아가지 않으려고 발버둥을 쳤지만
하늘 위로 붕 떠올랐단다.

* **소란스럽다**: 시끄럽고 어수선한 데가 있다.

언어 겨울바람이 화가 난 까닭으로 알맞은 것에 색칠하세요.

과학 탐구 겨울바람은 두 연을 하늘 위로 띄웠어요. 그런 바람의 힘을 이용하여 전기를 만드는 모습으로 알맞은 것에 ○표 하세요.

논술 바람에 날아가지 않으려고 발버둥을 치며 청룡 연과 드래곤 연은 서로에게 무슨 말을 했을까요? 상상해서 써 보세요.

겨울바람은 갑자기 드래곤 연을 땅 쪽으로 밀었어.
드래곤 연은 넓은 날개에 세찬 바람을 맞아
땅으로 떨어지고 말았지.
청룡 연은 드래곤 연을 향해 소리쳤어.
"용용 죽겠지? 약 올라 죽겠지?"
그때 바람이 청룡 연을 번쩍 들어 전깃줄에 매달아 버렸단다.
그 모습을 지켜보던 동수와 명준이는 생각했어.
'휴~, 서로 헐뜯고 잘난 척만 하더니…….
친구랑 앞으로는 싸우지 말아야지.'

언어 청룡 연과 드래곤 연이 지금 있는 곳은 어디인지 줄로 이으세요.

청룡 연

땅

드래곤 연

하늘

2주 4일 학습 끝!

붙임 딱지 붙여요.

사회 탐구 친구가 드래곤 연처럼 다치거나 넘어졌을 때 어떻게 행동해야 하는지 바른 것을 찾아 ○표 하세요.

무시하고 놀려요.

못 본 척 그냥 지나쳐요.

괜찮은지 걱정해 주어요.

논술 청룡 연과 드래곤 연이 싸우지 않았다면 어떻게 되었을지 상상하여 써 보세요.

되돌아봐요

1 '용용 죽겠지?'를 잘 읽었나요? 동수가 삼촌에게 연을 만들어 달라고 조른 까닭으로 알맞은 것을 찾아 □ 안에 ✔표 하세요.

연날리기 대회에 나가기 위해서야. □

물놀이를 하기 위해서라고. □

썰매 타기 대회에 나가려고 그런 거지. □

2 이 이야기에서 청룡 연이 옮겨 간 장소를 보기 에서 순서대로 찾아 □ 안에 번호를 쓰세요.

보기

❶

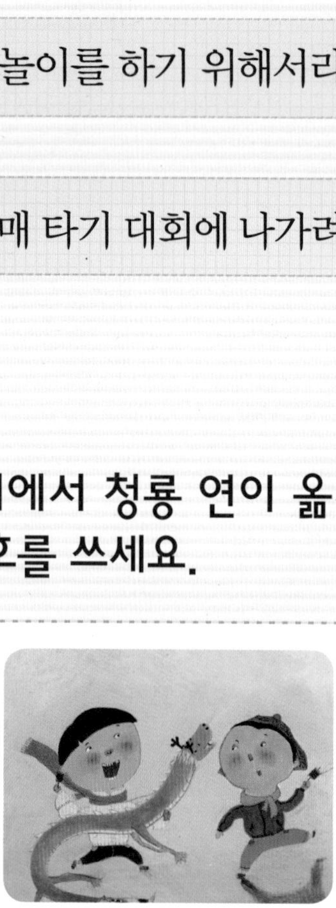

학교 운동장

❷

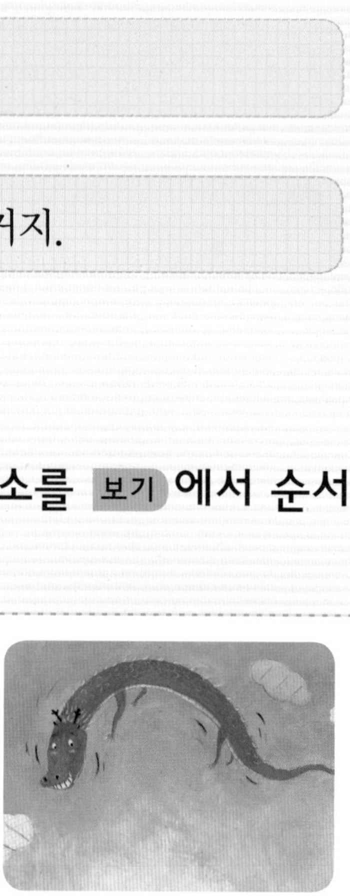

전깃줄

❸

느티나무

❹

동수네 집

□ → □ → □ → ❷

3 이 이야기에 나오는 상상의 동물과 그것이 가진 신비한 힘을 알맞게 줄로 이으세요.

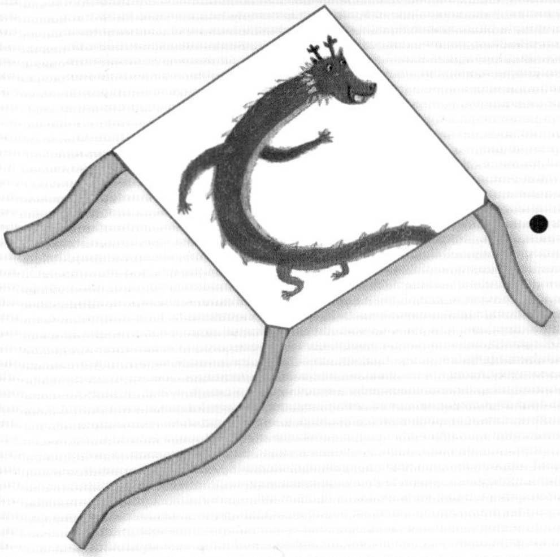

날개로 천둥을 일으키며 부리에서 번개가 나오는 새예요.

동양 최고의 용이에요. 비를 다스리고 사람을 도와주지요.

날개가 달린 서양의 용이에요. 때로는 악을 상징하기도 하지요.

2주

05 낱말 쏙쏙

사진과 관계있는 낱말을 (   ) 안에서 찾아 ○표 하세요.

(가오리연, 상어 연)

(화살 연, 방패연)

(연날리기, 썰매 타기)

(고래, 물고기)

(박쥐, 비둘기)

(지렁이, 뱀)

2 빈칸에 들어갈 알맞은 낱말을 보기 에서 찾아 쓰세요.

보기

들어가요	뽑어요	날아가요
소리쳐요	달려가요	잡아당겨요

운동장을 ______________________.

줄을 ______________________.

하늘을 ______________________.

연기를 ______________________.

내가 만든 상상의 동물

상상의 동물은 여러 동물의 특징이 더해져 만들어지는 경우가 많아요. 여러분도 여러 동물의 특징을 더해 상상의 동물을 그리고 보기 와 같이 그 동물에 대해 설명해 보세요.

보기 • 이름: 용

• 모습:

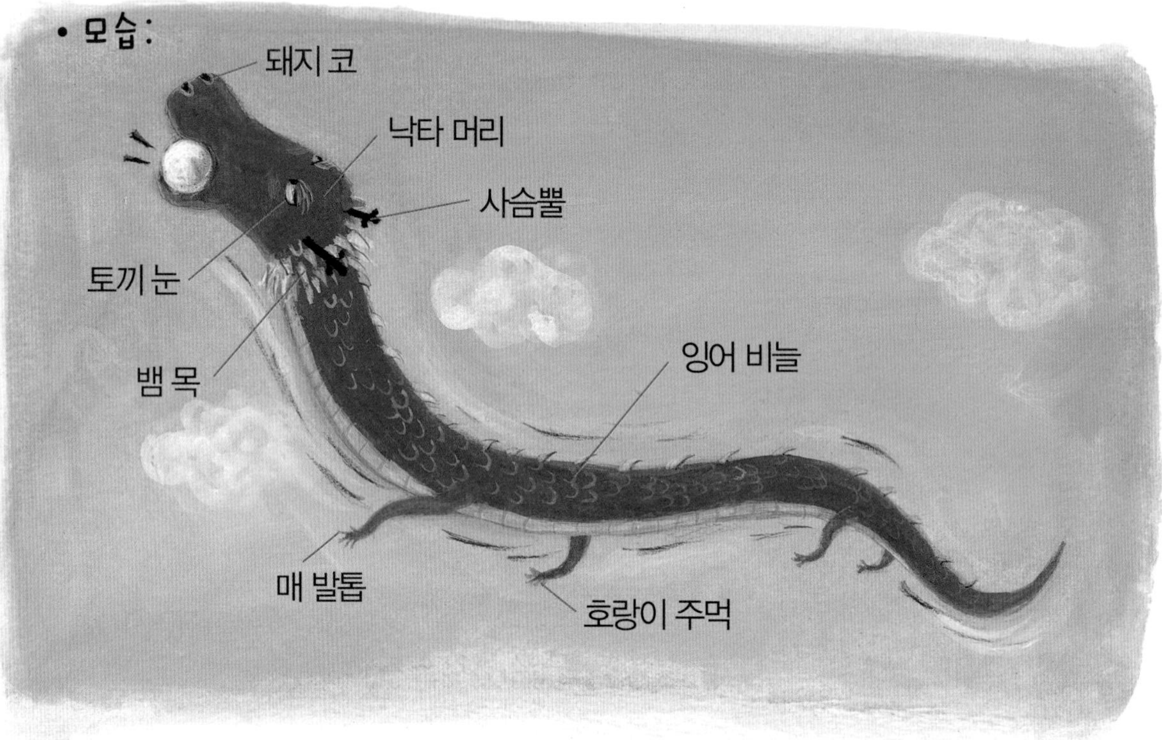

• 신비한 힘: 비를 다스리고 바람과 구름을 일으켜요.

2주 학습 끝!

확인할 내용	잘함	보통임	부족함
1. 이번 주 학습을 5일(월요일~금요일) 안에 끝마쳤나요?			
2. 상상 동물들의 특징을 잘 이해하였나요?			
3. 친구와 사이좋게 지내는 방법에 대해 잘 말할 수 있나요?			
4. 상상의 동물을 그리고 잘 설명할 수 있나요?			

• 이름:

• 모습:

• 신비한 힘:

2주 5일 학습 끝!

붙임 딱지 붙여요.

전하는 말

3주

나는야 좋은 바이러스

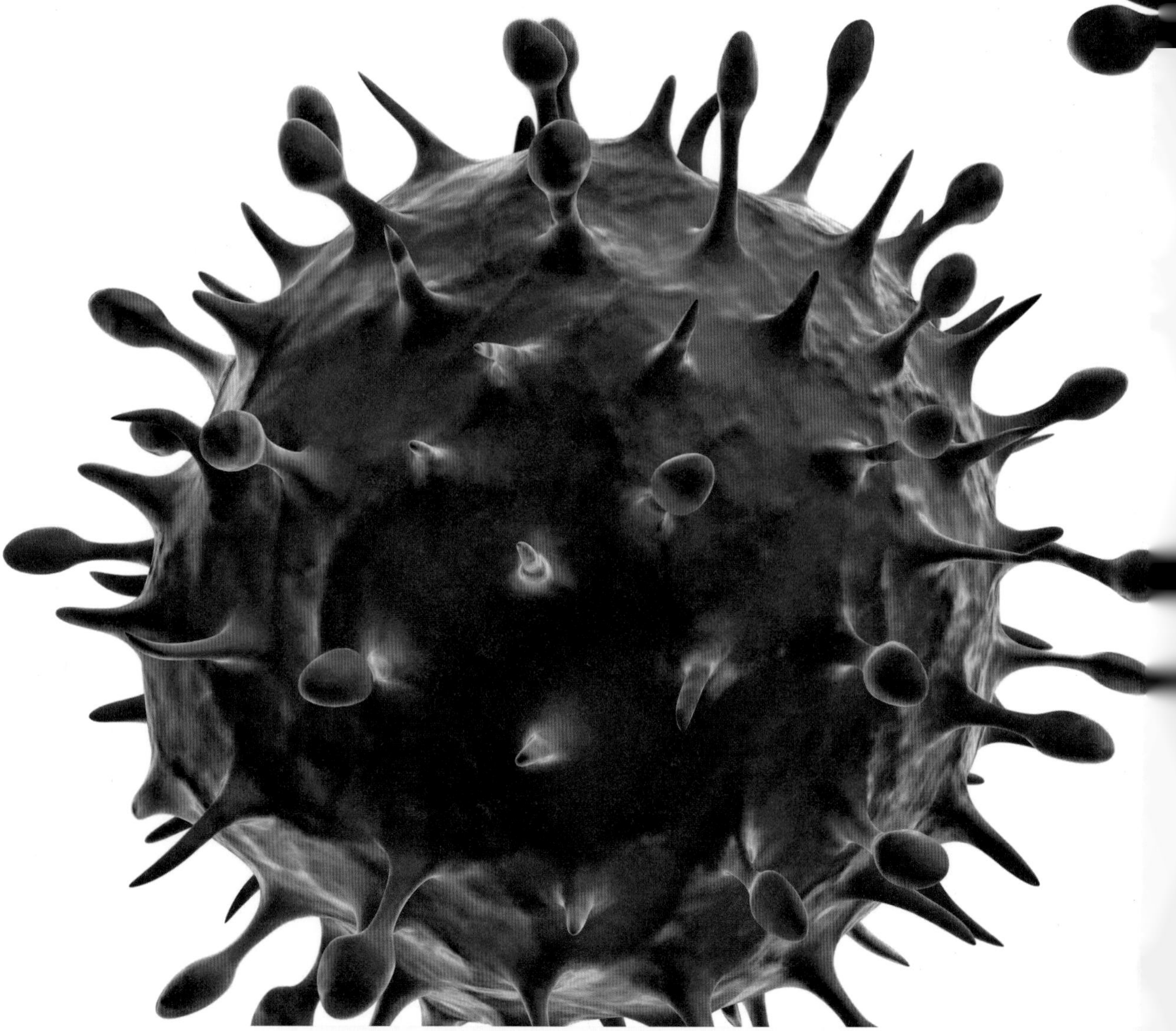

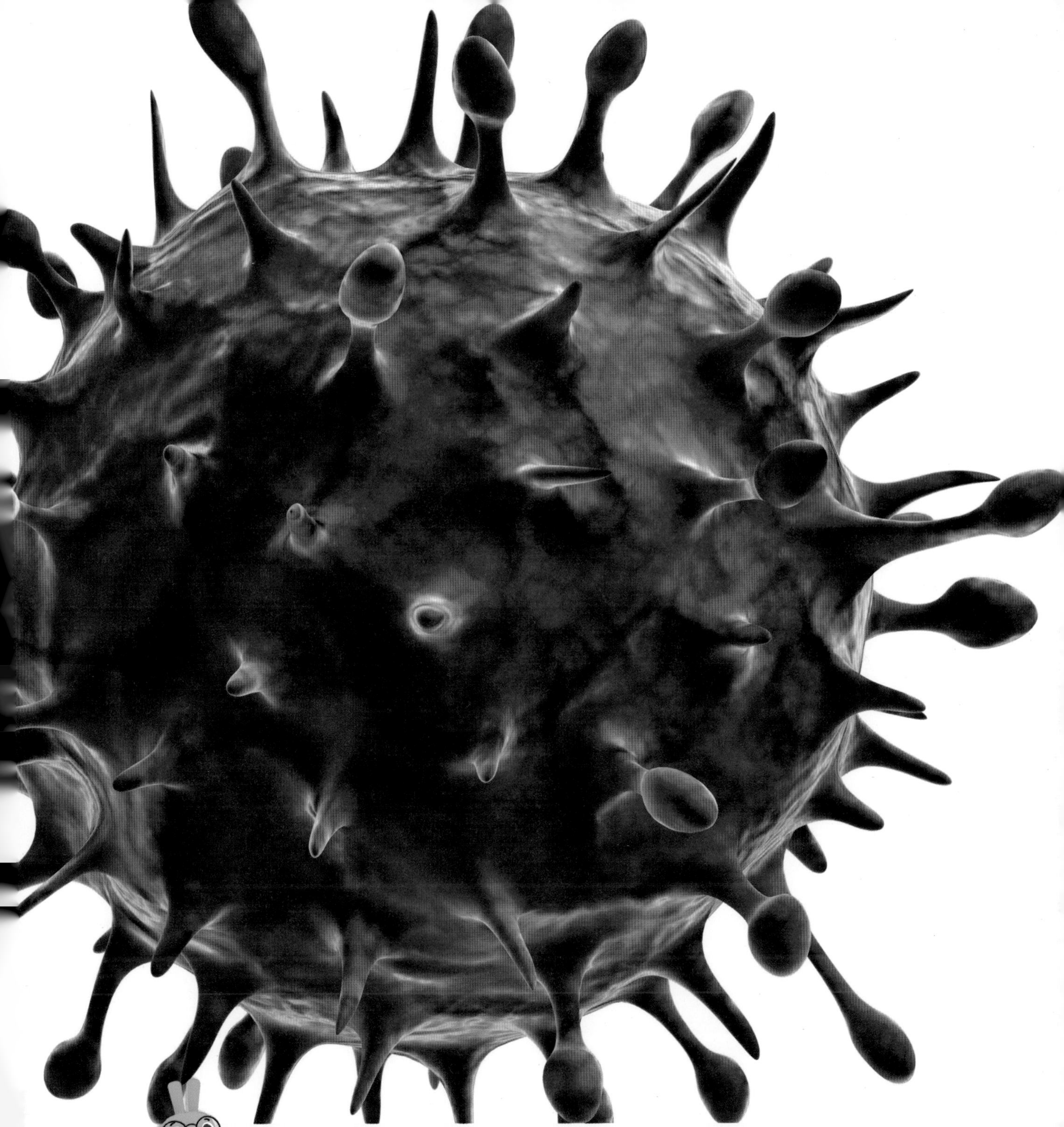

생각톡톡 감기 바이러스가 몸속에 들어오면 어떻게 되나요?

관련교과 **[통합교과 여름1]** 여름철 건강 지키는 방법 알기
[통합교과 봄2] 몸에 있는 여러 부분의 이름과 특징 알기 / 몸을 깨끗이 해야 하는 이유를 알고 실천하기

3주 01

나는야 좋은 바이러스

안녕? 나는 바이러스야.
하지만 겁내지 마.
사람을 아프게 하는
나쁜 바이러스는 아니니까.

바이러스: 동물, 식물, 세균 따위의 살아 있는 세포에 붙어서 사는 생물.

읽은 날짜 ◯월 ◯일

언어 이 글에 나오는 '나'는 누구인지 알맞은 것에 ○표 하세요.

장난감 | 눈사람 | 바이러스

난 행복을 만드는 바이러스가 될 거란다.
제일 먼저 이쪽저쪽 싹싹싹 이를 닦는
아이의 입속으로 들어가
이를 튼튼하게 만들어 줄 거야.

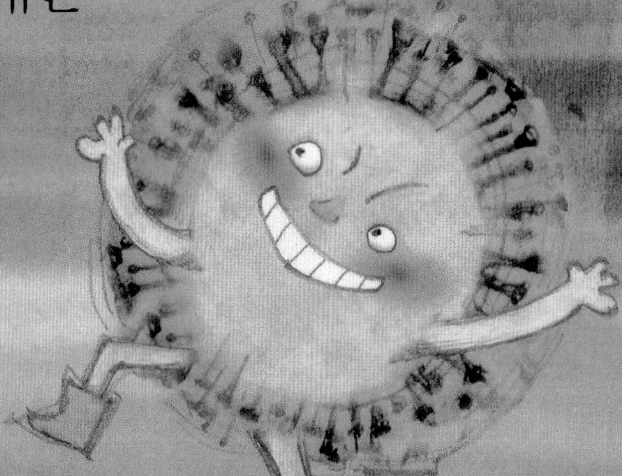

언어 이를 닦을 때 나는 소리를 찾아 색칠하세요.

딸랑딸랑 짜깍짜깍 싹싹싹

바이러스가 몸속에 들어오면
사람은 병이 난다고?
하지만 나는 아이들의 몸을 지켜 주는
*건강한 바이러스니까
걱정 안 해도 돼.

* 건강하다: 몸과 마음이 아무 탈 없이 튼튼하다.

3주 1일 학습 끝!
붙임 딱지 붙여요.

과학 탐구 나쁜 바이러스가 몸속에 들어와 몸이 아플 때에는 어떻게 해야 할까요? 알맞은 것을 찾아 ○표 하세요.

밖에 나가 놀아요.	병원에 가요.

나는 향긋한 바이러스가 되어
아이의 콧속 구석구석을 돌아다닐 거야.
그러면 아이가 콜록콜록 아프지 않고
룰루랄라 콧노래를 부를 수 있겠지?
향긋한 꽃 냄새도 맡고,
신선한 *공기도 마음껏 마실 수 있을 거야.

* 공기: 지구를 둘러싼 물질로 동물과 식물이 숨 쉬는 데 꼭 필요한 것.

과학 탐구 **코가 하는 일로 알맞지 않은 것을 찾아 ×표 하세요.**

음악을 들어요.　　꽃 냄새를 맡아요.　　공기를 마셔요.

나는 신선한 바이러스가 되어
아이의 목구멍에 들어갈 거야.

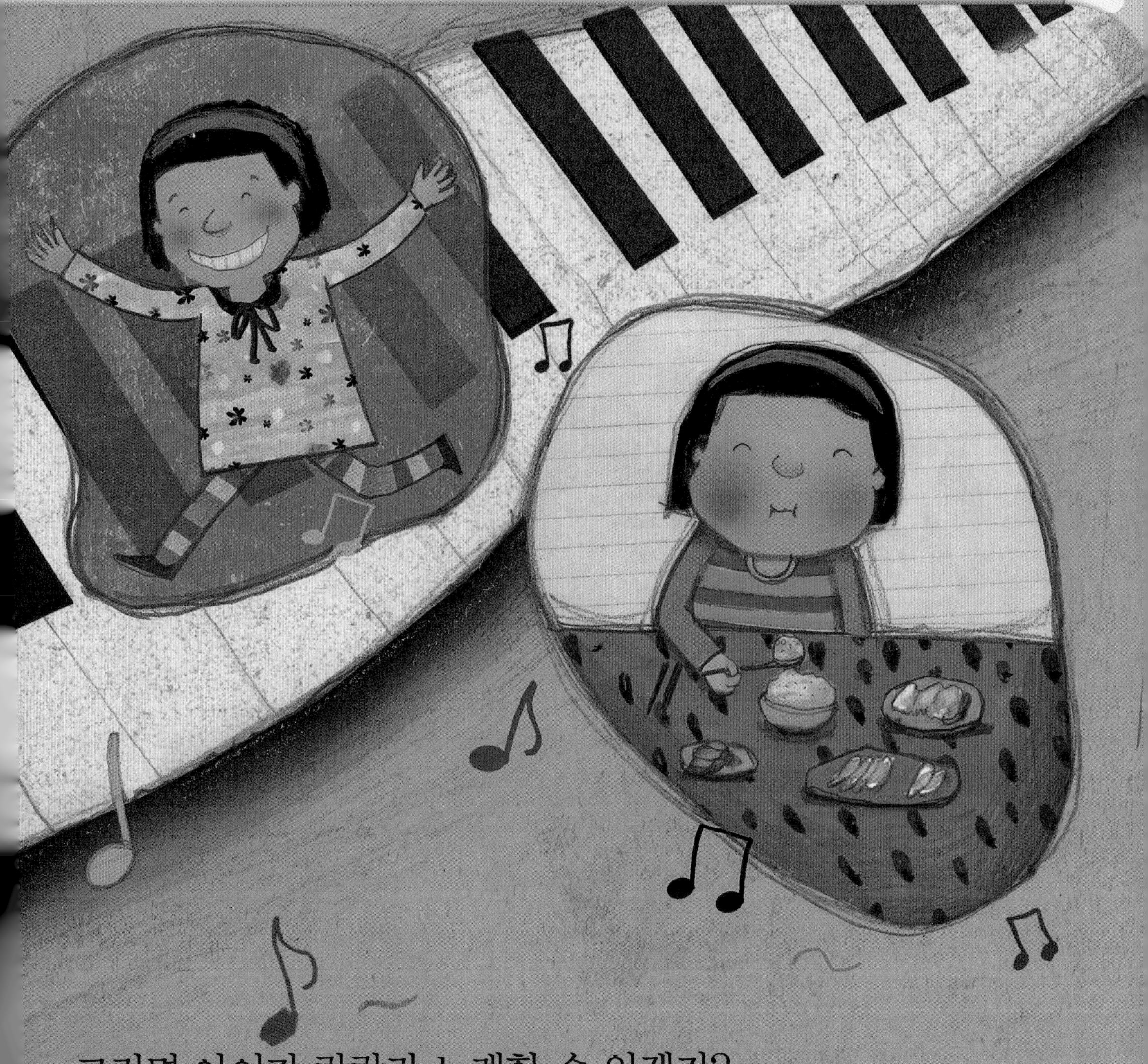

그러면 아이가 랄랄라 노래할 수 있겠지?
맛있는 것도 먹고,
친구들과 재잘재잘 이야기도 나눌 수 있을 거야.

과학 탐구 목은 우리 몸의 어디에 있는지 찾아 ○표 하세요.

눈과 눈 사이	팔과 팔 사이	머리와 몸통 사이

나는 지혜로운 바이러스가 되어
아이의 머릿속으로 들어갈 거야.
그러면 아이가 세상에서 가장 멋진
그림을 그릴 수 있겠지?
재미있는 생각도 마음껏 할 수 있고,
어려운 일도 척척 해낼 수 있을 거야.

3주 2일 학습 끝!

붙임 딱지 붙여요.

언어 **이 글에서 바이러스가 가려는 곳은 어디인지 찾아 색칠하세요.**

머릿속　　입속　　콧속

나는 상쾌한 바이러스가 되어
아이의 폐※ 속으로 들어갈 거야.
그러면 아이가 시원한 공기를 들이마시고
입술을 동그랗게 오므려
휘휘 휘파람을 불 수도 있겠지?
훅훅 바람을 내뿜어 풍선도 불 수 있을 거야.

※ **폐**: 가슴 안쪽에서 사람이나 동물이 숨 쉴 수 있게 하는 곳.

과학 탐구 몸에서 숨 쉬는 것과 관계있는 것을 모두 찾아 색칠하세요.

폐 손 발 입 귀 코

나는 신나는 바이러스가 되어
아이의 심장* 속으로 들어갈 거야.
그러면 아이가 친구들과 축구할 때
힘차게 달릴 수 있겠지?
이쪽저쪽으로 와다다다 공을 몰고 가서
멋지게 골인시키겠지.

* **심장**: 피를 돌게 하는 곳.

과학
탐구

튼튼한 심장으로 할 수 있는 일을 찾아 색칠하세요.

힘없이 앉아 있어요.

힘차게 달려요.

나는 *명랑한 바이러스가 되어
아이의 핏줄 속으로 들어갈 거야.
그러면 아이가 춤을 출 때
쿵작 쿵작작 음악에 발을 맞추고,
짝짝 짝짝짝 손뼉 치며 춤을 추겠지.

* **명랑하다**: 유쾌하고 활발하다.

3주 3일
학습 끝!
붙임 딱지 붙여요.

언어 명랑한 바이러스가 핏줄 속으로 들어간 아이의 모습으로 알맞은 것을 붙임 딱지에서 찾아 ?에 붙이세요.

?

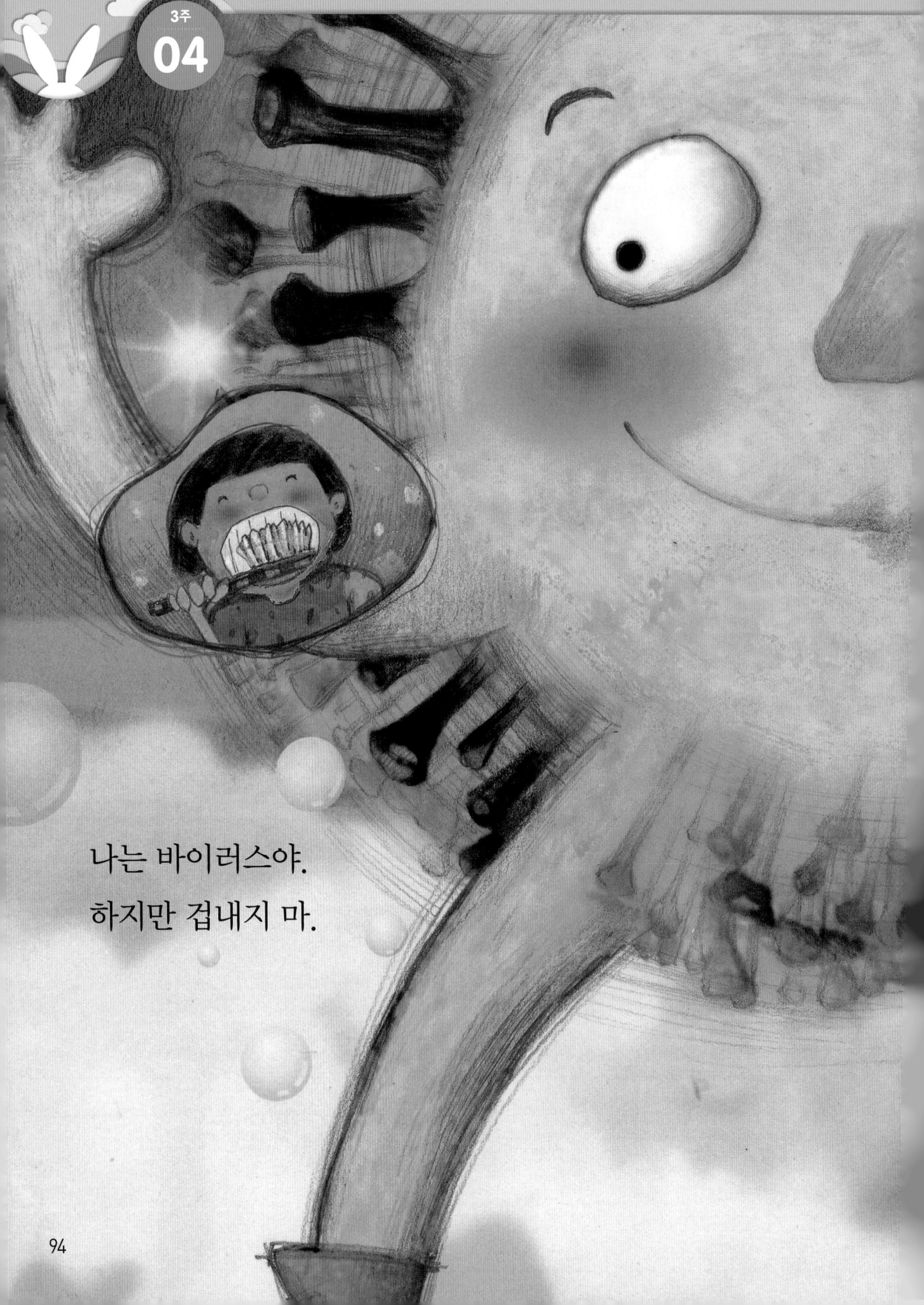

나는 바이러스야.
하지만 겁내지 마.

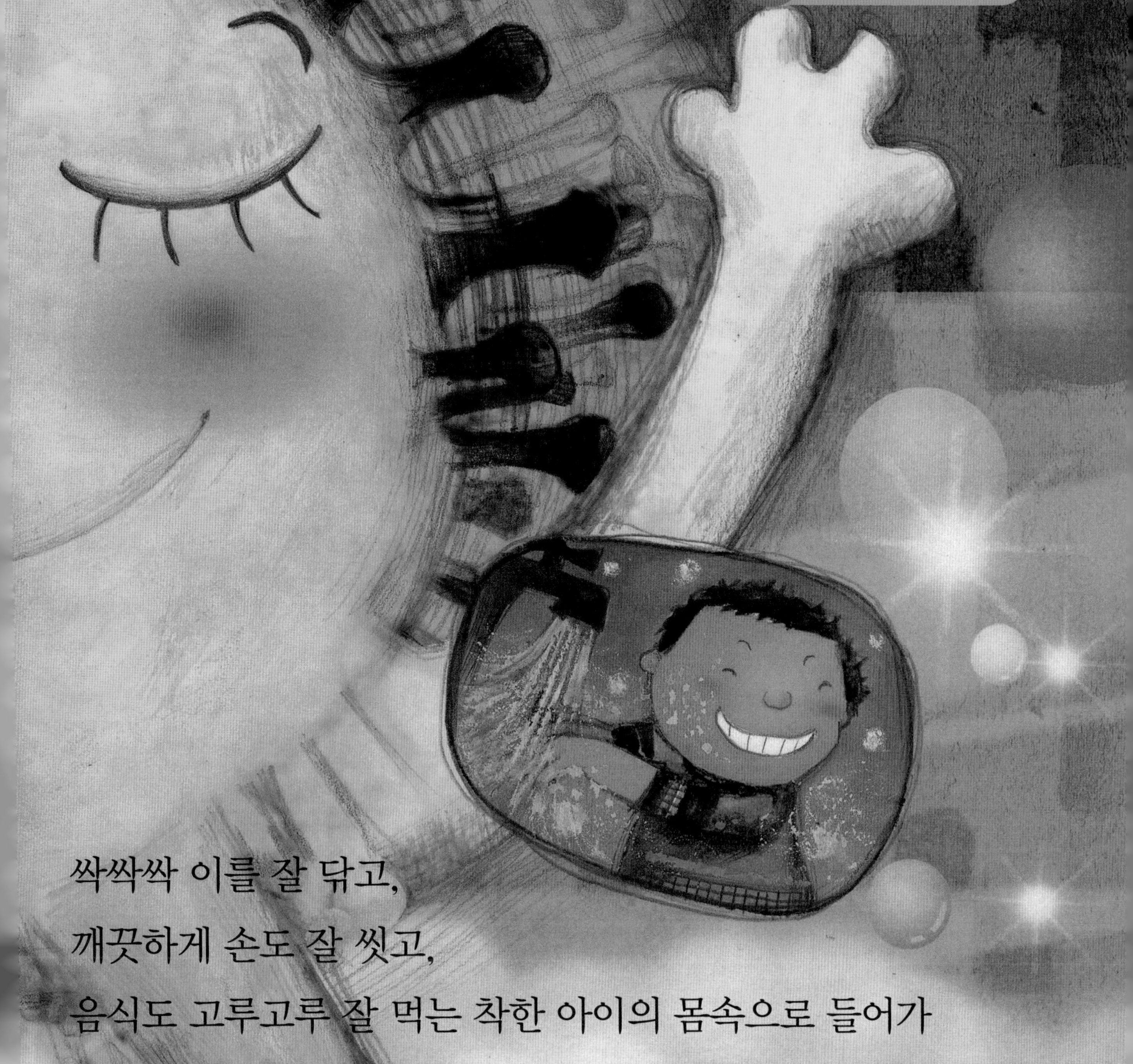

싹싹싹 이를 잘 닦고,
깨끗하게 손도 잘 씻고,
음식도 고루고루 잘 먹는 착한 아이의 몸속으로 들어가
아이를 행복하게 만들지.

논술 **아이를 행복하게 만드는 바이러스에게 재미있는 별명을 지어 주세요.**

______________ 바이러스

나는 나쁜 바이러스들이 몸속으로 들어오면
앞장서서 물리칠 거야.

그러면 아이가 아프지 않고
즐거운 하루를 보낼 수 있겠지?

언어 좋은 바이러스가 몸속에서 하는 일로 알맞은 것을 찾아 색칠하세요.

몸을 아프게 해요.

나쁜 바이러스를 물리쳐요.

나는 아이가 즐겁게 노래하고,
신나게 뛰놀 수 있도록 도와줄 거야.
아이가 건강하면 나도 행복하니까.
아이가 행복하면 내가 즐거우니까.
그게 내가 하고 싶은 일이야.
네가 만약 바이러스라면 어떻게 할 거니?

3주 4일 학습 끝!
붙임 딱지 붙여요.

과학 탐구 **건강한 아이의 모습으로 알맞은 것에 ○표 하세요.**

신나게 뛰놀아요.	아파서 울어요.

되돌아봐요

'나는야 좋은 바이러스'를 잘 읽었나요? 좋은 바이러스가 우리 몸의 어디로 들어왔을 때 할 수 있는 일인지 보기 에서 찾아 쓰세요.

보기	머리	폐	코	핏줄	심장	목구멍

읽은 날짜 월 일

❶

- 룰루랄라 콧노래를 부를 수 있어.
- 향긋한 꽃 냄새를 맡을 수 있어.
- 신선한 공기도 마음껏 마실 수 있어.

❷

- 랄랄라 노래할 수 있어.
- 맛있는 것도 먹을 수 있어.
- 친구들과 재잘재잘 이야기도 나눌 수 있어.

❸

- 세상에서 가장 멋진 그림을 그릴 수 있어.
- 재미있는 생각도 마음껏 할 수 있어.
- 어려운 일도 척척 해낼 수 있어.

❹

- 시원한 공기를 들이마실 수 있어.
- 입술을 동그랗게 오므려 휘휘 휘파람도 불 수 있어.
- 바람을 내뿜어 풍선도 불 수 있어.

❺

- 친구들과 축구할 때 힘차게 달릴 수 있어.
- 이쪽저쪽으로 와다다다 공을 몰고 가서 멋지게 골인시킬 수 있어.

❻

- 쿵작 쿵작작 음악에 발을 맞출 수 있어.
- 짝짝 짝짝짝 손뼉 치며 춤을 출 수 있어.

낱말 쏙쏙

그림에 어울리는 소리를 흉내 내는 말을 찾아 줄로 이으세요.

재잘재잘

휘휘

콜록콜록

짝짝짝

2 그림에 어울리는 말을 찾아 ◯표 하세요.

아프다 건강하다 씩씩하다

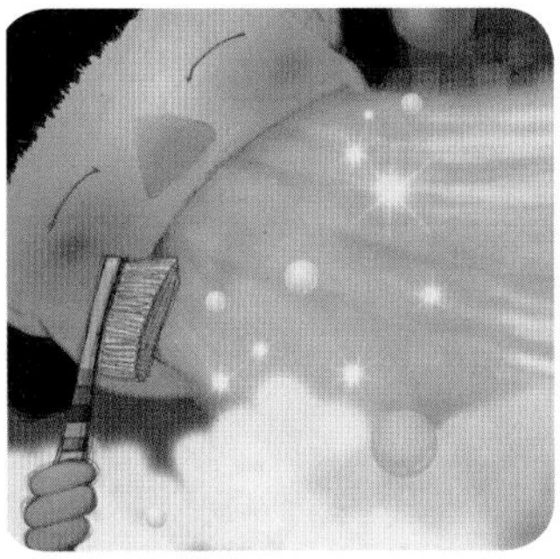

세수하다 목욕하다 이 닦다

맛보다 냄새 맡다 만지다

춤추다 노래하다 그림 그리다

내 모습을 그려 줘!

보기 는 바이러스를 현미경으로 자세히 본 모습이에요. 좋은 바이러스를 현미경으로 보면 어떤 모습일지 상상하여 그려 보세요.

보기

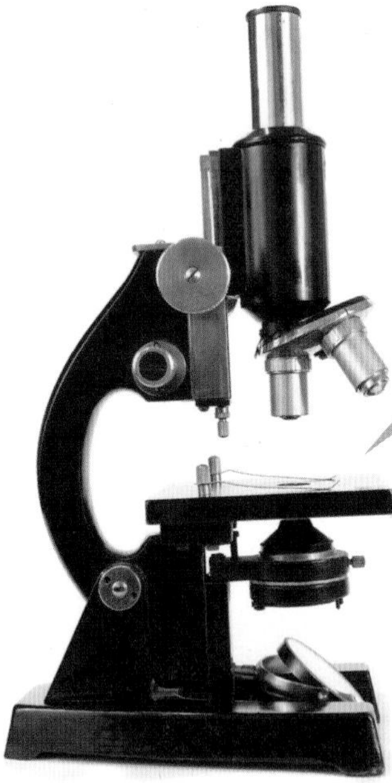
▲ 현미경

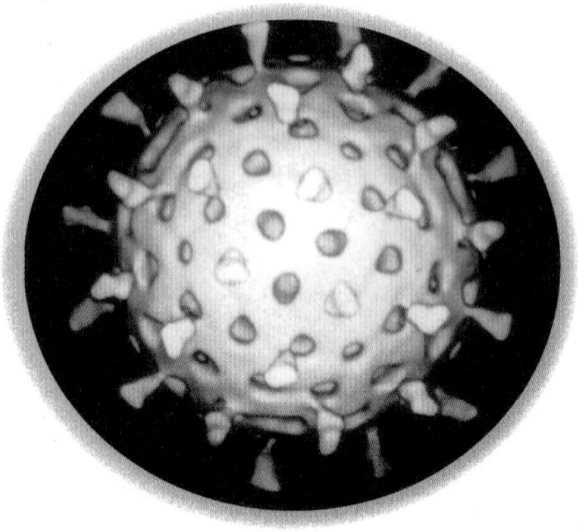
▲ 로타바이러스

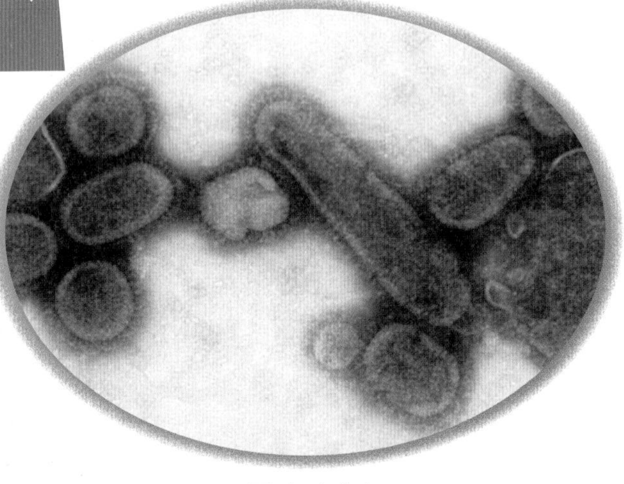
▲ 독감 바이러스

확인할 내용	잘함	보통임	부족함
1. 이번 주 학습을 5일(월요일~금요일) 안에 끝마쳤나요?			
2. 좋은 바이러스가 하는 일을 잘 이해하였나요?			
3. 몸이 튼튼하면 좋은 점을 잘 이해하였나요?			
4. 등장인물의 모습을 상상하여 그릴 수 있나요?			

3주 5일
학습 끝!

붙임 딱지 붙여요.

전하는 말

4주

상상이 날개를 달았어요

생각톡톡 예술 작품을 보려면 어디로 가야 하나요?

관련교과

[통합교과 봄1] 봄과 관련 있는 동식물 알기
[통합교과 봄2] 몸과 관련한 노래 부르기 / 몸으로 표현하기
[통합교과 여름2] 여름 동식물 표현하기

4주

01 피터와 늑대

피터는 작은 새와 오리, 고양이와 함께
숲에서 즐겁게 놀았어요.
할아버지는 숲에 사는 늑대를 조심하라고 말씀하셨지요.
그런데 정말로 늑대가 나타나 오리를 꿀꺽 삼켰어요.
피터는 작은 새에게 늑대를 놀려 달라고 부탁한 뒤,
늑대가 새를 쫓는 사이 올가미*로 덥석 늑대를 잡았어요.
그러고는 배 속에 있던 오리를 구해 냈답니다.

* **올가미**: 줄로 매듭을 만들어 짐승을 잡는 도구.

피터와 늑대(1936년): 소련의 작곡가 프로코피예프가 어린이를 위해 만든 음악 동화예요. 여러 가지 악기가 함께 어우러져 연주하는 교향악의 형태로 되어 있어요. 이야기에 나오는 사람들과 동물들을 여러 가지 악기로 표현했지요.

언어 피터가 올가미로 잡은 동물은 무엇인지 찾아 ○표 하세요.

오리

늑대

고양이

예체능 음악 동화 '피터와 늑대'에서는 피터를 바이올린, 늑대를 호른, 작은 새를 플루트로 나타냈어요. 여러분이라면 어떤 악기로 나타낼지 붙임 딱지에서 찾아 ?에 붙이세요.

피터

바이올린

호기심 많고 명랑한 피터는 바이올린으로 밝고 경쾌하게 나타냈어요.

?

늑대

호른

사납고 무서운 늑대는 호른으로 어둡고 무겁게 나타냈어요.

?

작은 새

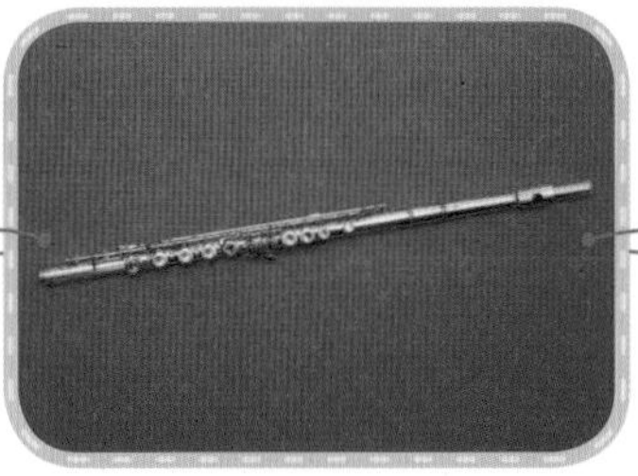

플루트

귀여운 작은 새는 플루트로 가늘고 약하게 나타냈어요.

?

4주

01 마술피리

이집트 왕자 타미노는 밤의 여왕이 준 마술피리를 가지고
새 사냥꾼 파파게노와 함께
여왕의 딸 파미나를 찾아 나섰어요.
타미노는 여왕의 딸을 데려간 자라스트로를 만나
밤의 여왕이 악당이라는 사실을 깨닫게 되지요.
서로 좋아하게 된 타미노와 파미나는
어려운 시험을 통과하여 결혼하고,
파파게노도 짝을 만나게 돼요.
한편, 밤의 여왕은 복수를
하러 찾아오지만 지옥으로
쫓겨난답니다.

마술피리(1791년): 세계적인 작곡가 모차르트가 만든 오페라예요. 줄거리가 재미있고 민요, 가곡, 종교 음악 등 다양한 종류의 음악이 고루 섞여 있어 오늘날에도 큰 사랑을 받고 있지요.

언어 타미노는 어느 나라의 왕자인가요? 알맞은 것에 ○표 하세요.

중국

미국

이집트

프랑스

논술 밤의 여왕이 타미노에게 준 마술피리에는 어떤 신비한 힘이 있을까요? 상상하여 써 보세요.

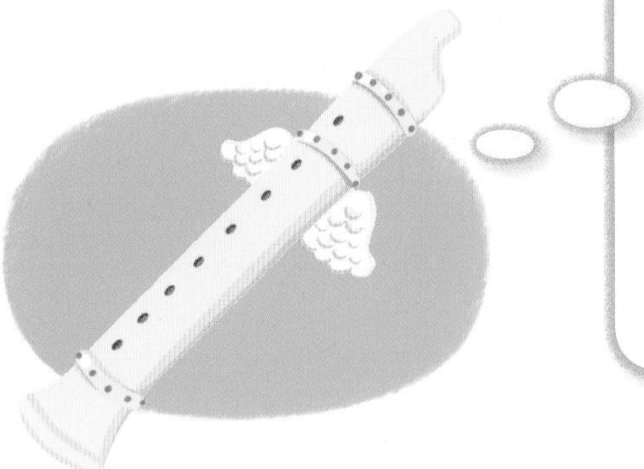

4주

01 아리랑

우리나라 민요

아리랑 아리랑 아라리요
아리랑 고개로 넘어간다
나를 버리고 가시는 *임은
십 *리도 못 가서 발병 난다

* **임**: 사랑하는 사람.
리: 거리의 단위. 10리는 약 4킬로미터.

아리랑: 우리나라의 대표적인 민요예요. 민요는 옛날부터 사람들의 입에서 입으로 전해 내려오는 노래를 말해요. '아리랑'은 세마치장단이라는 느린 장단으로 되어 있는데, 사랑하는 사람을 그리워하는 마음이 잘 담겨 있지요. '진도 아리랑', '밀양 아리랑' 등 지역에 따라 여러 아리랑이 있어요.

예체능 '아리랑'을 들으면 어떤 느낌이 드나요? 알맞은 것을 찾아 ○표 하세요.

신나요. 슬퍼요. 즐거워요.

언어 보기 와 같이 각 글자를 이루는 낱자는 무엇인지 쓰세요.

보기

아 = ㅇ + ㅏ

라 = +

리 = +

요 = +

4주 1일 학습 끝!

붙임 딱지 붙여요.

예체능 보기 와 같이 노랫말의 뒷부분을 바꾸어 불러 보세요.

보기

아리랑 아리랑 아라리요
아리랑 고개로 넘어간다.
동생을 괴롭히는 못된 아이는
부모님께 혼나고 벌받는다.

아리랑 아리랑 아라리요
아리랑 고개로 넘어간다.
?

4주

02 숲의 요들

오스트리아 민요

졸졸졸졸 흐르는 요로레이디요 레이디요 레이우디리

산골짜기 찾아서 요로레이디요 레이디요 레이우디리

즐겁~게 놀았죠 요로레이디요 레이디요 레이우디리

즐거운 노래 부르며 요로레이우디리

흥겨운 춤도 추었죠 요로레이우디리

요로레이디오 레이디오 로우디오 로우디오 레이디오

레이우디리

요로레이디오 레이디오 로우디오 로우디오 레이우디리

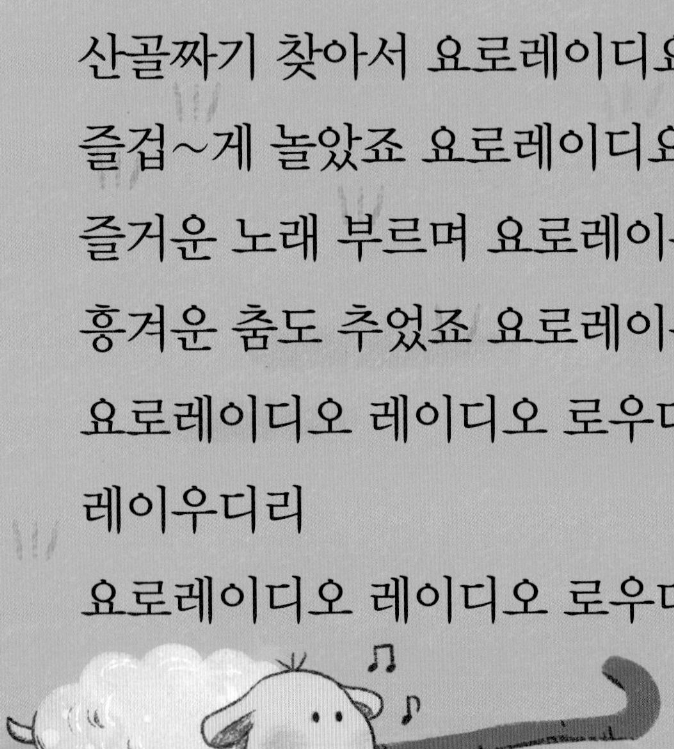

요들: 스위스나 오스트리아 등의 알프스 지방에서 주로 부르던 민요예요. 높고 여린 소리와 목의 떨림으로 '요로레이'와 같은 반복되는 말을 넣어 부르던 노래를 말하지요. 지역에 따라 멜로디와 노랫말이 다른 여러 가지 요들이 있다고 해요.

사회 탐구 '요들'은 어느 곳에서 부르던 노래인가요? 알맞은 것에 ○표 하세요.

알프스 지방

제주도 지방

예체능 이 노랫말에서 떠오르는 모습을 자유롭게 그려 보세요.

4주

02 호두까기 인형

클라라는 크리스마스 전날 호두까기 인형을 선물받아요.
그런데 오빠가 인형을 망가뜨려 슬피 울다 잠이 들지요.
그날 밤 생쥐 떼가 나타나 집 안을 엉망으로 만들고,
호두까기 인형과 장난감 병정들은 생쥐 떼와 싸우지요.
클라라는 위험에 처한 호두까기 인형을 구해 주어요.
멋진 왕자로 변한 호두까기 인형은 클라라와 함께
신비의 나라로 여행을 떠나 즐거운 시간을 보내요.
다음 날 아침, 클라라는 호두까기 인형을 품에 안은 채
행복한 미소를 지으며 일어난답니다.

호두까기 인형(1891~1892년): 독일 작가 호프만의 동화, “호두까기와 쥐의 임금님(1819년)”을 가지고 차이콥스키가 만든 발레 음악이에요. 이 작품은 15개의 모음곡으로 구성되어 있는데, 어린이의 순수한 마음을 아름다운 음악과 발레로 표현하고 있지요.

언어 클라라는 누구와 함께 신비의 나라로 여행을 떠나나요? 알맞은 것을 찾아 색칠하세요.

쥐

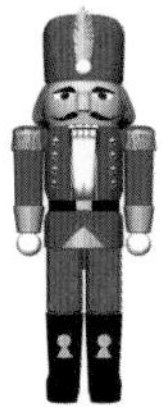

호두까기 인형

과학탐구 호두까기 인형은 호두를 까는 데 쓰는 도구예요. 호두의 모습으로 알맞은 것에 ○표 하세요.

예체능 발레는 동작 하나하나가 매우 아름다운 춤이에요. 발레의 네 가지 팔 동작을 잘 보고 따라 해 보세요.

❶

어깨를 내린 다음, 두 손을 모아 동그라미를 만들어요.

❷

모은 두 손을 살짝 밀 듯이 앞으로 들어 올려요.

❸

두 손을 가슴까지 올린 다음, 양옆으로 쭉 뻗어요.

❹

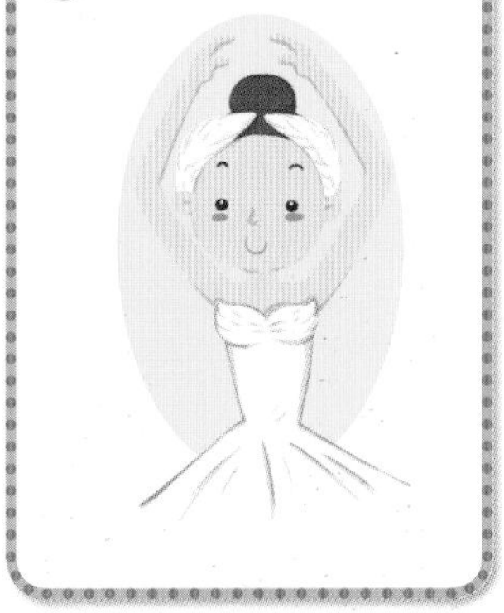

두 손을 천천히 머리 위로 올려 큰 동그라미를 만들어요.

02 무대 위에서 춤을 추어요

멋진 옷을 입고 눈부신 조명을 받으며 무대 위에서 춤을 춘다면 어떨까요? 생각만 해도 기분이 좋아지지요? 드가는 발레를 하는 아름다운 모습을 그림으로 그렸어요. 무용수가 나비처럼 사뿐사뿐 발을 내딛으며 춤추는 모습을 실제로 보고 있는 듯하지요.

스타(드가, 1876~1877년): 공연장의 분위기와 발레를 하는 무용수의 아름다움을 잘 표현하였어요. 주인공 무용수는 화려한 조명을 받아서 돋보이는 반면에, 다른 무용수들은 비좁은 무대 뒤에서 다음 장면을 준비하며 서 있지요.

예체능 이 그림 속의 주인공 무용수를 무엇이라고 불러야 할까요? 아래 설명에서 알맞은 것을 찾아 ○표 하세요.

발레리나

발레를 하는 여자 무용수를 뜻해요.

발레리노

발레를 하는 남자 무용수를 뜻해요.

예체능 춤추는 장소를 바꾸면 그림이 어떻게 달라질까요? 어떤 장소에서 춤을 추면 좋을지 자유롭게 그려 보세요.

4주 2일 학습 끝!

붙임 딱지 붙여요.

4주

03 내 얼굴을 그려요

눈도 반짝, 코도 반짝, 입도 반짝반짝!

내 얼굴을 어떻게 하면 잘 그릴 수 있을까요?

표정과 느낌이 살아 있게 그리면 좋을 거예요.

고흐는 자기 얼굴을 많이 그린 화가랍니다.

말을 걸면 바로 대답해 줄 듯 생생한 표정이 인상적이지요.

파이프를 물고 귀에 붕대를 한 자화상(고흐, 1889년): 고흐는 평소에 자기 자신의 모습을 많이 그렸어요. 이 작품은 귀에 붕대를 감은 고흐의 얼굴을 가운데에 두고 배경을 주황색과 빨간색으로 칠해 강렬한 느낌을 주지요. 그리고 담배 연기가 그림 밖으로 뿜어져 나올 것처럼 매우 실감 나게 표현되어 있어요.

예체능 자신의 모습을 그린 그림을 '자화상'이라고 해요. 아래 고흐의 자화상 중, 이 그림과 같은 모자를 쓴 것에 ○표 하세요.

예체능 거울을 보면서 여러분의 자화상을 그려 보세요.

4주

03 오후에 산책하실래요?

일요일 오후에 공원에 나가면 무엇을 볼 수 있나요?
운동하는 아저씨, 강아지를 데리고 산책 나온 아주머니,
자전거를 타는 아이들…….
쇠라의 '그랑자트섬의 일요일 오후'라는 그림을 보면
아주 오래 전 그랑자트섬의 오후 풍경을 알 수 있어요.
모자를 쓰고 산책 나온 아저씨들도 재미있고,
양산을 쓴 아주머니들의 볼록한 치마도 신기해요.
주인을 따라 나온 동물들의 모습도 정답게 느껴지네요.

그랑자트섬의 일요일 오후(쇠라, 1884~1886년): 쇠라는 작은 점을 찍어서 그림을 그리는 '점묘법'을 사용한 화가로 유명해요. 그랑드 자트 섬은 프랑스 파리의 센강 주변에 있으며, 쇠라는 2년에 걸쳐 이 그림을 완성했지요.

수리 탐구 이 그림은 어느 요일의 풍경을 그린 것인가요? 알맞은 요일에 ○표 하세요.

월요일	화요일	수요일	목요일	금요일	토요일	일요일

예체능 이 그림은 어떤 방법으로 그린 것인지 찾아 색칠하세요.

붙이기

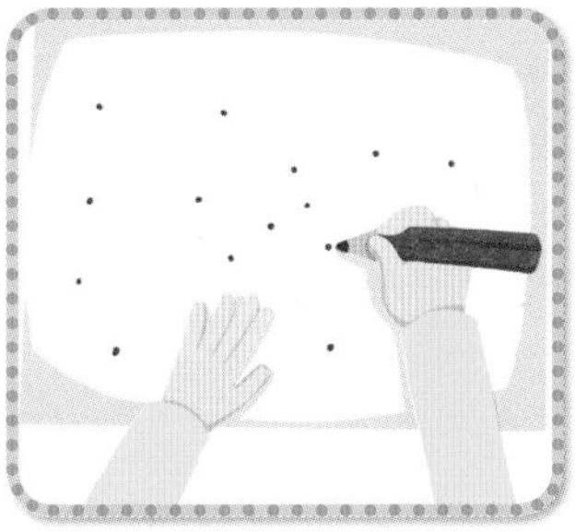

점 찍기

색칠하기

논술 이 그림 속의 사람들은 어떤 생각을 하고 있을까요? 상상하여 자유롭게 써 보세요.

03 이삭을 주워요

*추수 끝난 들판에서 아주머니들은 무엇을 하고 있을까요?
허리를 굽혀 땅에 떨어진 *이삭을 줍고 있네요.
저 멀리 수레에는 곡식이 가득 실려 있지만,
아주머니들은 일손을 멈추지 않고 열심히 일하고 있어요.
일 년 동안 가꾼 곡식을 한 톨도 헛되이 버릴 수 없는
농부의 마음이 느껴지지요?

* **추수**: 가을에 익은 곡식을 거두어들임.
* **이삭**: 벼, 보리 따위 곡식에서, 꽃이 피고 꽃대의 끝에 열매가 더부룩하게 많이 열리는 부분.

이삭 줍는 사람들(밀레, 1857년): 밀레는 농촌과 그곳에서 일하는 농촌 사람들의 모습을 실감 나게 그린 화가예요. 이 그림은 추수가 끝난 농촌의 들판에서 땅에 떨어진 이삭을 줍는 여인들의 모습을 아름답게 표현했어요. 눈부신 황금 들녘과 이삭을 줍는 여인들의 모습이 넉넉하고 평화롭게 느껴져요.

과학 탐구 이 그림은 어느 계절에 볼 수 있는 모습인가요? 알맞은 계절에 ◯표 하세요.

봄

여름

가을

겨울

예체능 들판이 아니라 길거리라면 아주머니들은 무엇을 줍고 있을까요? 상상해서 그려 보세요.

4주 3일 학습 끝!

붙임 딱지 붙여요.

04 세상에 이럴 수가!

해가 질 무렵, 한 아저씨가 다리를 건너고 있어요.
아저씨는 갑자기 얼굴을 일그러뜨리면서 소리를 질러요.
무엇을 보고 놀란 것일까요?
아니면 어떤 힘든 일이 있는 것일까요?
얼굴이 마치 유령처럼 느껴지네요.
아저씨의 괴로운 마음이 그대로 전해지는 듯해요.

절규(뭉크, 1893년): 뭉크는 마음속 생각을 독특하게 표현한 화가로 유명해요. 이 그림은 괴로워서 소리를 지르는 사람의 모습을 표현했어요. 이 그림에서 다리는 겉으로 드러나지 않는 마음속을, 주인공의 일그러진 얼굴은 마음속에 있는 고통을 말해 주고 있지요.

사회 탐구 이 그림 속 주인공이 있는 곳은 어디인가요? 알맞은 곳에 ◯표 하세요.

산 위

다리 위

지붕 위

언어 이 그림 속 주인공은 어떤 기분일까요? 알맞게 말한 것에 색칠하세요.

논술 이 그림 속 주인공은 무슨 말을 하고 있는 걸까요? 여러분이 주인공이 되어 말해 보세요.

4주 04 음악에 맞추어 춤을 추어요

장단에 맞추어 춤추는 아이의 모습을 보세요.
기다란 옷자락을 펄럭이며 사뿐사뿐 발을 딛고,
너풀너풀 팔을 휘저으며 춤을 추고 있어요.
음악이 흥겨워질수록 춤 동작에는 점점 힘이 넘쳐요.
그림에 나온 악기 소리를 떠올리며 함께 춤도 추어 보세요.

춤추는 아이(김홍도, 19세기경): 이 그림 속에는 북, 장구, 피리, 대금, 해금을 연주하는 사람들과 춤을 추는 아이가 표현되어 있어요. 춤을 추는 아이의 옷은 강한 선과 뚜렷한 색깔로, 악기를 연주하는 사람들의 옷은 대체로 약한 선과 흐린 색으로 표현하여 춤추는 아이의 흥겨운 느낌을 생생하게 느낄 수 있지요.

예체능 이 그림 속에 나오지 <u>않은</u> 악기를 찾아 ×표 하세요.

대금

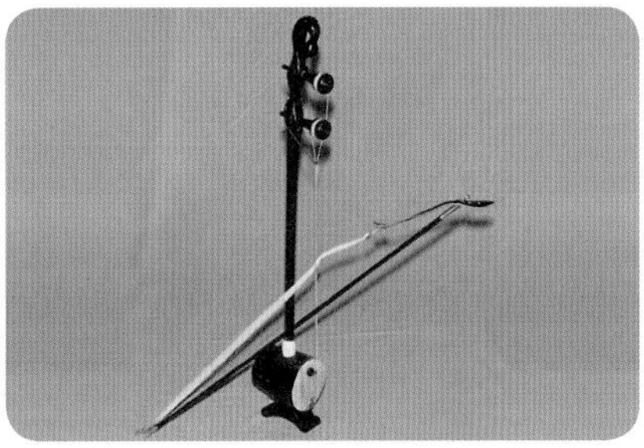

해금

바이올린

장구

예체능 이 그림 속 악기에서는 어떤 소리가 날까요? 악기 소리를 입으로 흉내 내어 보세요.

4주

04 채소로 얼굴을 나타냈어요!

참 이상한 그림이에요.
언뜻 보면 모자 쓴 아저씨의 얼굴인데,
자세히 보면 양파, 당근, 버섯 등의 채소가 모여 있어요.
거꾸로 돌려 보니 까만 바구니에 채소가 담긴 모습이네요.
그림의 제목도 '채소 기르는 사람'이라고 해요.
마치 숨은그림찾기를 하는 것 같지요?

채소 기르는 사람(아르침볼도, 1590년경): 이 그림은 채소를 이용하여 사람의 얼굴을 그린 그림이에요. 거꾸로 보면 까만 바구니 안에 여러 가지 채소가 담긴 그림이 되지요. 아르침볼도는 이 그림 말고도 채소와 과일을 이용하여 사람의 모습을 다양하게 그렸답니다.

예체능 이 그림은 얼굴을 다양한 채소로 표현하고 있어요. 얼굴의 각 부분을 어떤 채소로 나타냈는지 찾아 줄로 이으세요.

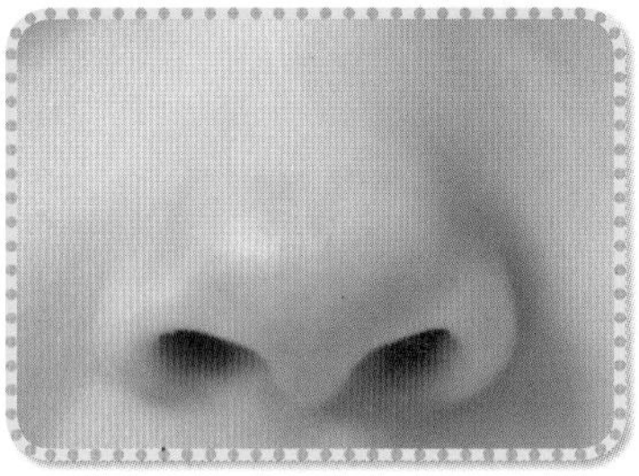
코

뺨

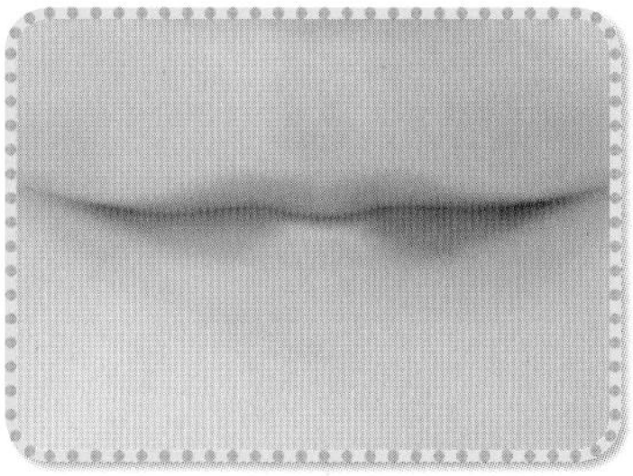
입술

버섯

양파

당근

논술 이 그림을 거꾸로 돌려놓은 모습에 어떤 제목을 붙이면 좋을지 써 보세요.

4주 4일 학습 끝!

붙임 딱지 붙여요.

4주 05

되돌아봐요

아래 작품과 관계있는 것을 찾아 줄로 이으세요.

'피터와 늑대'

발레

'마술피리'

교향악

'아리랑'

오페라

'숲의 요들'

우리나라 민요

'호두까기 인형'

다른 나라 민요

2 어느 그림에 대한 설명인지 □ 안에 그림의 번호를 쓰세요.

❶

❷

❸

❹

- 채소를 이용하여 사람의 얼굴을 그렸어요. □
- 일그러진 표정을 실감 나게 그린 그림이에요. □
- 점을 하나하나 찍어서 그림을 그렸어요. □
- 자신의 모습을 직접 그린 자화상이에요. □

낱말 쏙쏙

그림에 알맞은 낱말을 보기 에서 찾아 빈칸에 쓰세요.

보기 춤 이삭 주사 붕대 노래

무용수가 ☐ 을(를) 추어요.

아주머니들이 ☐☐ 을(를) 주워요.

고흐가 ☐☐ 을(를) 감았어요.

2 그림 속 악기의 이름을 보기 에서 찾아 쓰세요.

보기

해금

북

장구

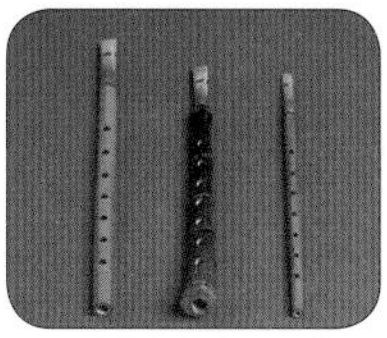
피리

대금

음악 듣고 떠오르는 것을 그려요

음악을 들으면 여러 가지 생각이 떠오르지요? 음악을 들으면서 생각하고 느낀 것을 아래와 같은 방법으로 자유롭게 그려 보세요.

★준비됐나요?
CD(사용하지 않는 것), 스케치북, 크레파스나 색연필, 양면테이프, 가위, 연필

❶
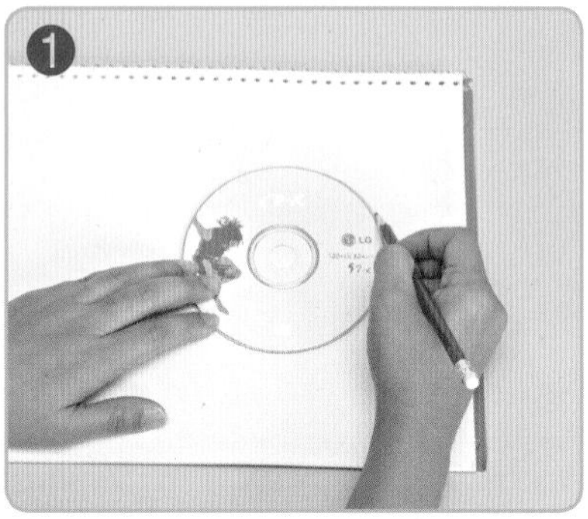
스케치북에 CD를 대고 연필로 따라 그려요.

❷

음악을 들으면서 떠오른 생각을 연필로 그려 넣어요.

❸
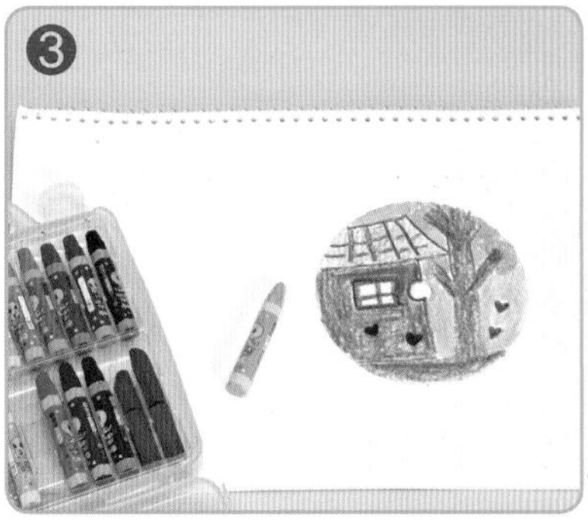
크레파스로 예쁘게 색칠해요.

❹

완성한 그림을 가위로 오려요.

❺
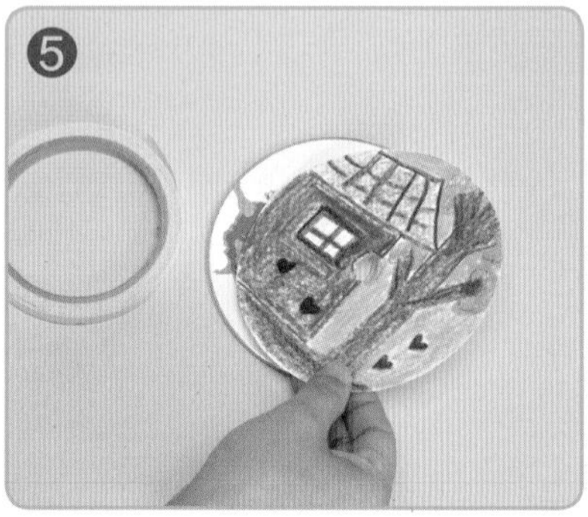
오린 그림을 양면 테이프로 CD에 붙여요.

확인할 내용	잘함	보통임	부족함
1. 이번 주 학습을 5일(월요일~금요일) 안에 끝마쳤나요?			
2. 각 작품의 특징을 잘 이해하였나요?			
3. 각 작품을 보며 상상하는 즐거움을 느껴 보았나요?			
4. 음악을 들으며 생각한 것을 그림으로 그릴 수 있나요?			

2 음악을 듣고 어떤 그림을 그렸나요? 아래 CD 부분에 완성한 그림을 붙이세요.

전하는 말

4주 5일 학습 끝!

붙임 딱지 붙여요.

P단계 4권 정답 및 해설

1주 헤라클레스의 모험

1주 11쪽 생각 톡톡

1주 13쪽

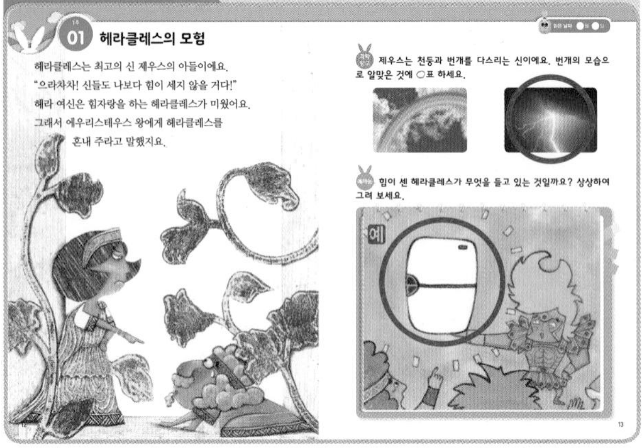

1주 15쪽

1주 17쪽

1주 19쪽

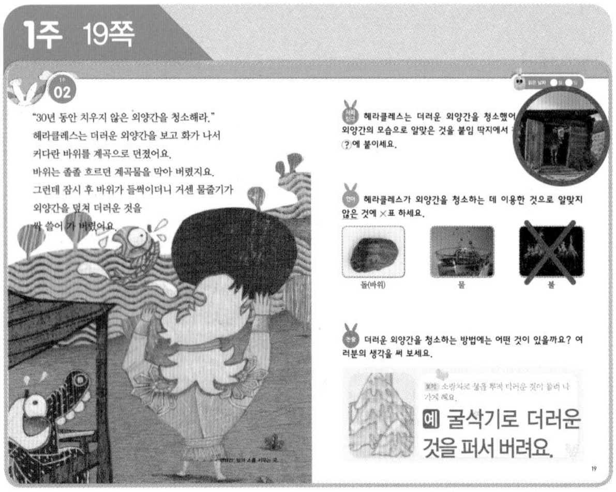

1주 21쪽

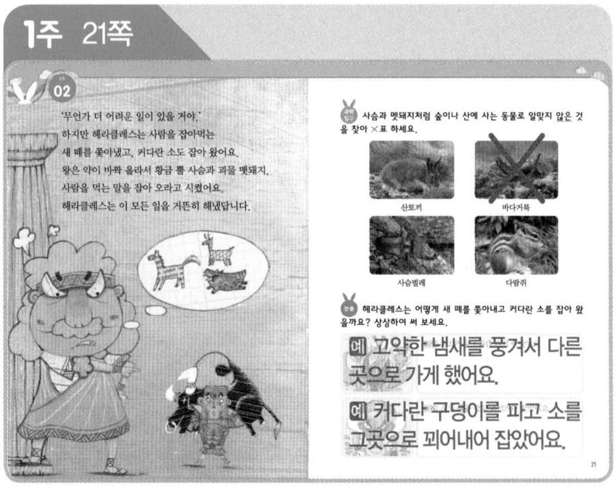

1주 23쪽

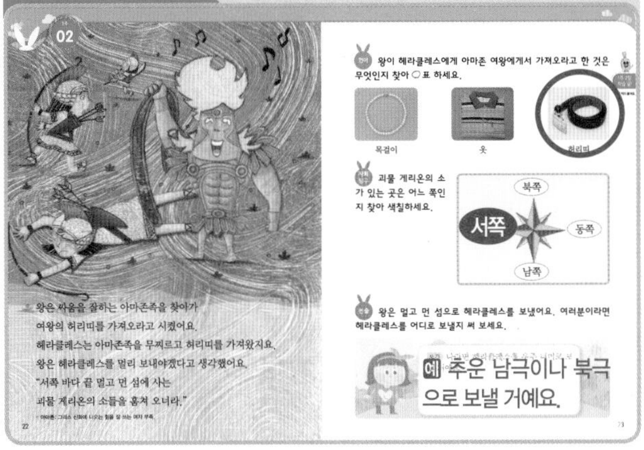

1주 25쪽

1주 27쪽

1주 29쪽

1주 31쪽

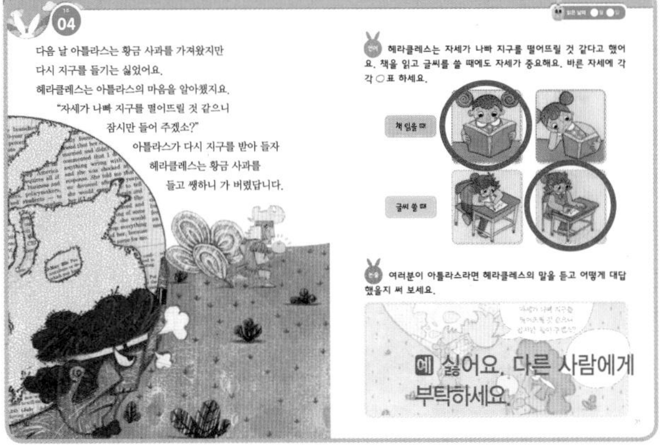

1주 33쪽

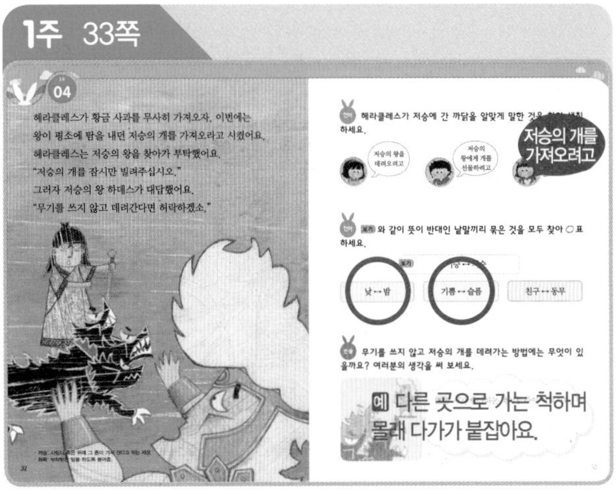

1주 35쪽

04

헤라클레스는 맨손으로 개를 잡아 왕에게 갔어요.
궁전에 온 저승의 개는 왕을 잡아먹으려고
으르렁거리며 날뛰었어요.
왕은 도망 다니며 소리쳤어요.
"어이쿠, 다시는 일을 시키지 않을 것이니
저 개를 당장 저승으로 돌려보내거라!"
헤라클레스는 개를 다시 저승으로 돌려보내고
드디어 자유의 몸이 되었답니다.

헤라클레스가 저승의 개를 잡은 방법으로 알맞은 것에 ○표 하세요.

맨손으로 잡았어. / 올가미로 잡았지.

왕과 헤라클레스의 기분으로 알맞은 것을 찾아 줄로 이으세요.

왕 - 저승의 개가 날뛰어서 - 무서워요.

헤라클레스 - 자유의 몸이 되어서 - 기뻐요.

자유의 몸이 된 헤라클레스는 그 뒤 무엇을 하며 지냈을까요? 상상하여 써 보세요.

예 어려운 사람을 도우며 살았어요.

1주 36~37쪽 되돌아봐요

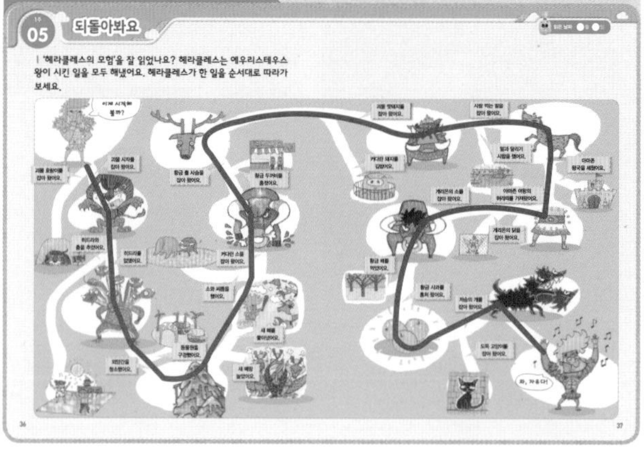

05 되돌아봐요

1 '헤라클레스의 모험'을 잘 읽었나요? 헤라클레스는 에우리스테우스 왕이 시킨 일을 모두 해냈어요. 헤라클레스가 한 일을 순서대로 따라가 보세요.

1주 38~39쪽 낱말 쏙쏙

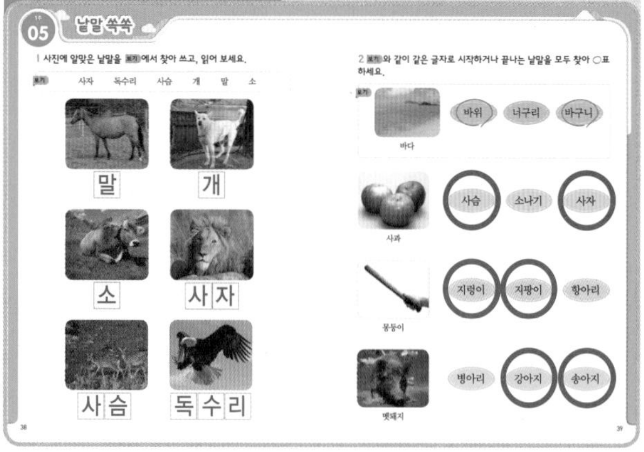

05 낱말 쏙쏙

1 사진에 알맞은 낱말을 보기에서 찾아 쓰고, 읽어 보세요.

보기 사자 독수리 사슴 개 말 소

말 / 개 / 소 / 사자 / 사슴 / 독수리

2 보기와 같이 같은 글자로 시작하거나 끝나는 낱말을 모두 찾아 ○표 하세요.

보기 바다: 바위 너구리 바구니

사과: 사슴 소나기 사자

몽둥이: 지렁이 지팡이 항아리

멧돼지: 병아리 강아지 송아지

1주 40~41쪽 내가 할래요

05 내가 할래요

나만의 별자리를 만들어요

보기의 헤라클레스자리처럼 밤하늘의 별들을 이어서 나만의 별자리를 만들고, 이름을 지어 보세요.

보기 별자리 이름: 헤라클레스자리

예 별자리 이름: 오리자리

전하는 말

2주 용용 죽겠지?

2주 43쪽 생각 톡톡

2주 용용 죽겠지?

이 사진 속 상상의 동물을 부르는 이름은 무엇인가요?

용

2주 45쪽

01 용용 죽겠지?

겨울이 오면 학교에서 연날리기 대회가 열려.
동수는 삼촌에게 연을 만들어 달라고 졸랐어.
삼촌은 여의주를 입에 문 용 모양의 연을 만들어 주었지.
"이건 동양의 용 중에서 최고인 청룡이란다."
"우아, 진짜 멋지다!"
동수는 용 모양의 연을 들고 학교 운동장으로 달려갔어.

청룡 모양의 연을 만든 사람은 누구인지 딱지에서 찾아 ?에 붙이세요.

연날리기처럼 주로 겨울철에 하는 놀이를 모두 찾아 ○표 하세요.

스키 / 스케이트 / 물놀이

여의주를 갖게 되면 소원이 이루어진대요. 만약 여의주가 생긴다면 어떤 소원을 빌고 싶은지 보기처럼 써 보세요.

보기 동생이 생기면 좋겠어요.

예 로봇 장난감을 갖고 싶어요.

2주 47쪽

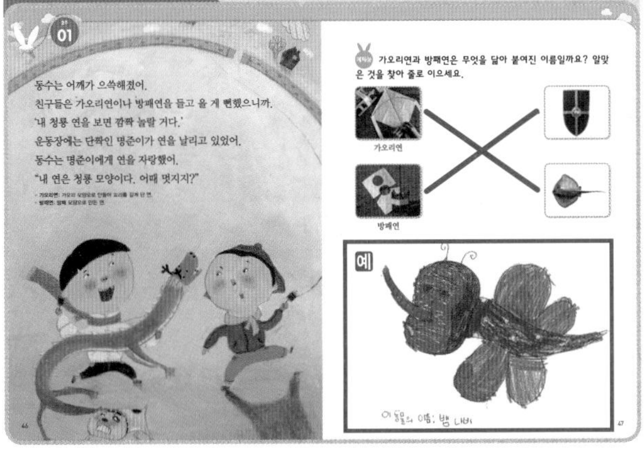

2주 49쪽

2주 51쪽

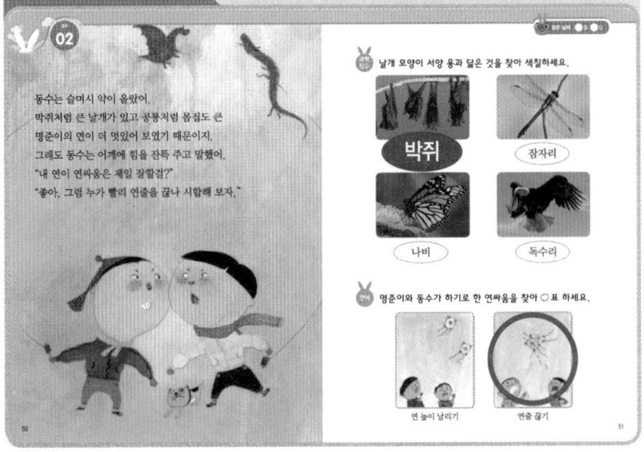

2주 53쪽

2주 55쪽

2주 57쪽

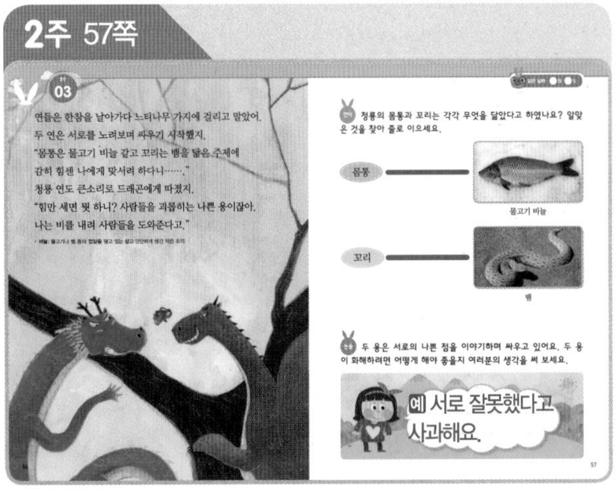

2주 59쪽

03

그때 누군가 버럭 소리를 질렀어.
"그만해. 시끄러워서 잠을 잘 수가 없잖아."
느티나무 꼭대기에 걸려 있던 천둥새 연이었지.
청룡 연은 그제야 주위를 둘러보았어.
느티나무에는 온갖 연들이 다 걸려 있는 거야.
머리에 뿔이 달린 유니콘 연도 있고,
사자를 닮은 해태 연도 있었어.

느티나무에 걸려 있는 연의 수를 숫자로 바르게 나타낸 것에 ○표 하세요.

1234**5**
67890

보기 에서 설명하는 상상의 동물 이름은 무엇인가요? 알맞은 것을 찾아 색칠하세요.

보기
머리에 멋진 뿔이 나 있어요.
몸통은 말을 닮았어요.
얼굴 모습은 염소나 사슴을 닮았어요.
힘이 세고 재빨라 쉽게 잡을 수 없어요.

해태 / **유니콘** / 천둥새

58 59

2주 61쪽

03

천둥새 연이 점잖게 타일렀어.
"여기서 지내려면 규칙을 지켜야 해.
안 그러면 부리로 번개를 치고, 날개로 천둥을 일으킬 거야."
해태 연도 큰 눈을 껌뻑이며 말했어.
"조심해. 봉황 연이랑 피닉스 연도 서로 자기가
최고라고 다투다가 쫓겨났다고."

…이 가진 신비한 힘에 대해 말하고 있어요. 알맞…요.

나는 부리로 번개를 치고 날개로 천둥을 일으켜.

나는 비를 내리게 해.

여러 사람이 함께 있는 곳에서 규칙을 잘 지켜야 하는 까닭으로 알맞은 것에 모두 ○표 하세요.

더 안전하고 편리하기 때문에 / 다른 사람에게 피해를 주지 않기 위해서 / 더 즐겁게 생활할 수 있기 때문에

봉황과 피닉스는 모두 죽지 않는 새예요. 죽지 않고 영원히 산다면 어떤 점이 좋을까요? 여러분의 생각을 써 보세요.

예 불이 났을 때 걱정 없이 사람들을 구할 수 있어요.

60 61

2주 63쪽

04

그러자 드래곤 연이 불을 확 뿜으며 소리쳤어.
"누가 감히 날 쫓아낸다는 거야?"
천둥새 연이 날카로운 눈으로 쏘아보며 말했어.
"함부로 불을 뿜으면 가만두지 않을 거야.
내 부리에서는 번개가 나오거든."
드래곤 연이 사방으로 불을 뿜으며 소리쳤어.
"여기 있는 누구도 날 이기지 못할걸?"

천둥새 연의 말을 듣고 드래곤 연이 화가 나서 내뿜은 것을 찾아 ○표 하세요.

물 / **불** / 흙

- 물건을 태워요. ✓
- 더러운 것을 씻어 내요.
- 숨을 쉴 수 있게 해 주어요.

드래곤처럼 남의 말에 귀 기울이지 않고 자기 마음대로 행동하는 것이 옳은 일인지 여러분의 생각을 써 보세요.

예 옳지 못해요. 다른 사람의 생각이 더 옳을 수도 있으니까요.

62 63

2주 65쪽

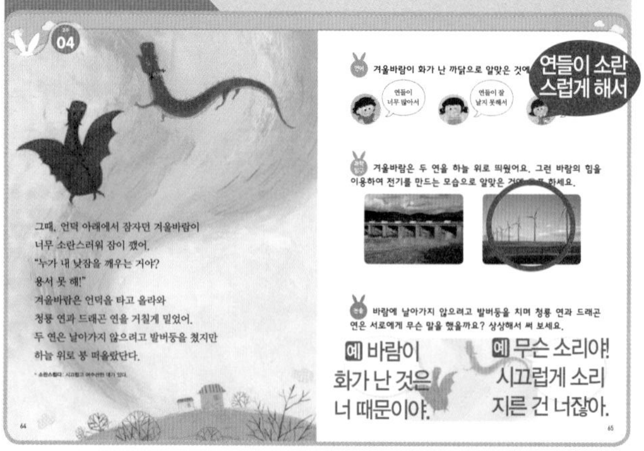
04

그때, 언덕 아래에서 잠자던 겨울바람이
너무 소란스러워 잠이 깼어.
"누가 내 낮잠을 깨우는 거야?
용서 못 해!"
겨울바람은 언덕을 타고 올라와
청룡 연과 드래곤 연을 거칠게 밀었어.
두 연은 날아가지 않으려고 발버둥을 쳤지만
하늘 위로 붕 떠올랐단다.

겨울바람이 화가 난 까닭으로 알맞은 것에 …

연들이 너무 많아서 / 연들이 잘 날지 못해서 / **연들이 소란스럽게 해서**

겨울바람은 두 연을 하늘 위로 띄웠어요. 그런 바람의 힘을 이용하여 전기를 만드는 모습으로 알맞은 것에 ○표 하세요.

바람에 날아가지 않으려고 발버둥을 치며 청룡 연과 드래곤 연은 서로에게 무슨 말을 했을까요? 상상해서 써 보세요.

예 바람이 화가 난 것은 너 때문이야.

예 무슨 소리야! 시끄럽게 소리 지른 건 너잖아.

64 65

2주 67쪽

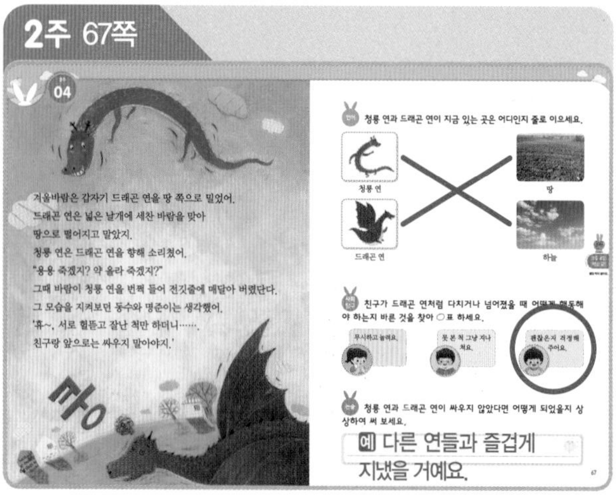
04

겨울바람은 갑자기 드래곤 연을 땅 쪽으로 밀었어.
드래곤 연은 넓은 날개에 세찬 바람을 맞아
땅으로 떨어지고 말았지.
청룡 연은 드래곤 연을 향해 소리쳤어.
"용용 죽겠지? 약 올라 죽겠지?"
그때 바람이 청룡 연을 번쩍 들어 전깃줄에 매달아 버렸단다.
그 모습을 지켜보던 동수와 명준이는 생각했어.
'휴~, 서로 힘뜯고 잘난 척만 하더니…….
친구랑 앞으로는 싸우지 말아야지.'

쾅

청룡 연과 드래곤 연이 지금 있는 곳은 어디인지 줄로 이으세요.

청룡 연 — 하늘
드래곤 연 — 땅

친구가 드래곤 연처럼 다치거나 넘어졌을 때 어떻게 행동해야 하는지 바른 것을 찾아 ○표 하세요.

무시하고 놀려요. / 못 본 척 그냥 지나쳐요. / **괜찮은지 걱정해 주어요.**

청룡 연과 드래곤 연이 싸우지 않았다면 어떻게 되었을지 상상하여 써 보세요.

예 다른 연들과 즐겁게 지냈을 거예요.

67

2주 68~69쪽 되돌아봐요

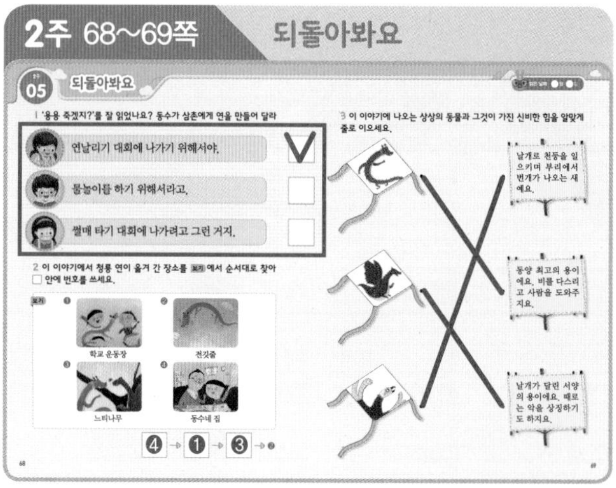
05 되돌아봐요

1 '용용 죽겠지?'를 잘 읽었나요? 동수가 삼촌에게 연을 만들어 달라

- 연날리기 대회에 나가기 위해서야. ✓
- 물놀이를 하기 위해서라고.
- 썰매 타기 대회에 나가려고 그런 거지.

2 이 이야기에서 청룡 연이 옮겨 간 장소를 보기 에서 순서대로 찾아 □ 안에 번호를 쓰세요.

보기 ① 학교 운동장 ② 전깃줄 ③ 느티나무 ④ 동수네 집

④ → ① → ③ → ②

3 이 이야기에 나오는 상상의 동물과 그것이 가진 신비한 힘을 알맞게 줄로 이으세요.

- 날개로 천둥을 일으키며 부리에서 번개가 나오는 새예요.
- 동양 최고의 용이에요. 비를 다스리고 사람을 도와주지요.
- 날개가 달린 서양의 용이에요. 때로는 악을 상징하기도 하지요.

68 69

2주 70~71쪽 낱말 쏙쏙

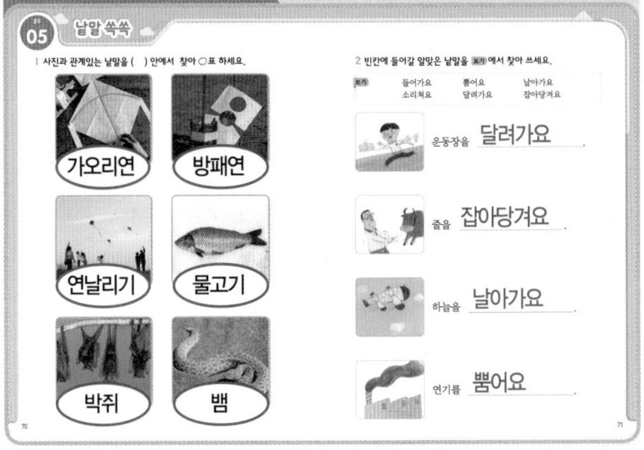

2주 72~73쪽 내가 할래요

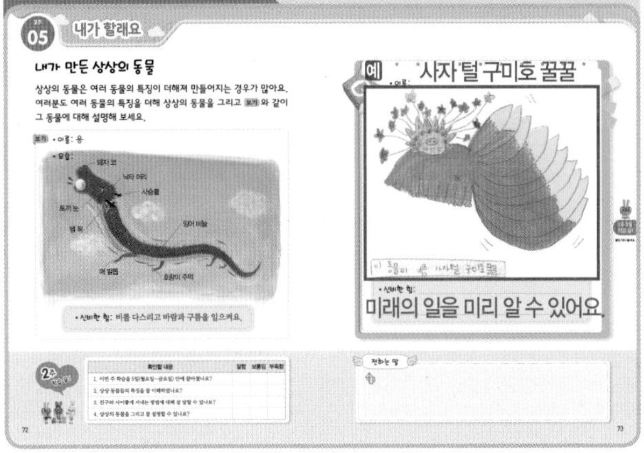

3주 나는야 좋은 바이러스

3주 75쪽 생각 톡톡

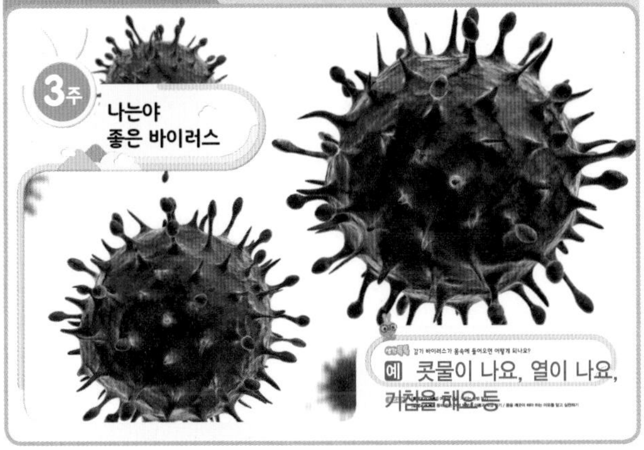

3주 77쪽

3주 79쪽

3주 81쪽

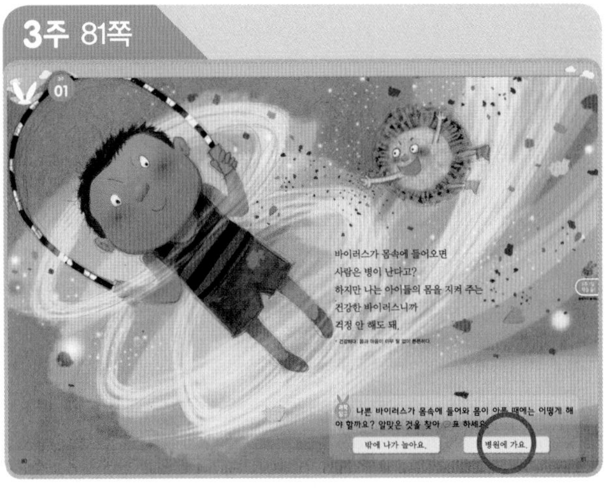

3주 83쪽

3주 85쪽

3주 87쪽

3주 89쪽

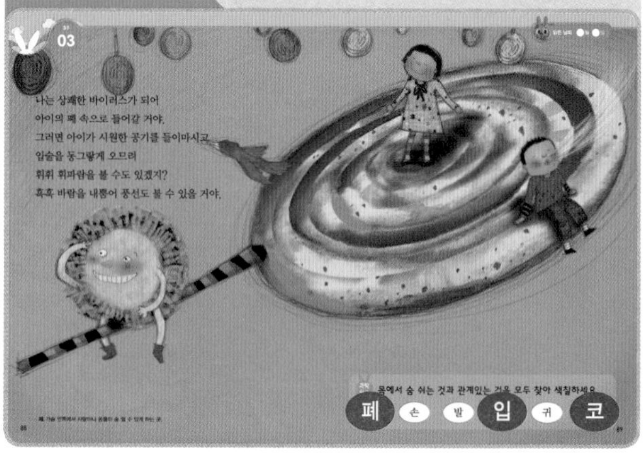

3주 91쪽

3주 93쪽

3주 95쪽

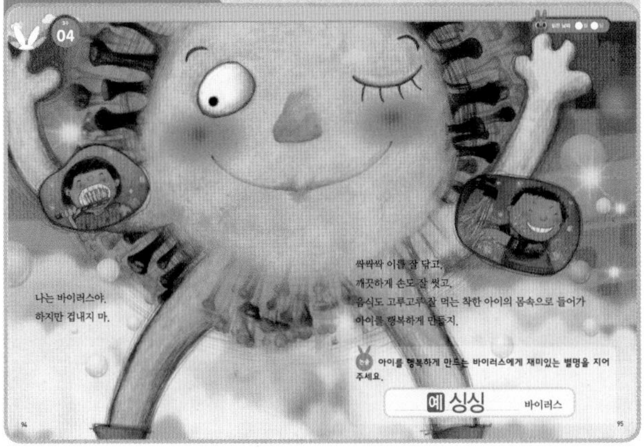

3주 97쪽

3주 99쪽

3주 100~101쪽 되돌아봐요

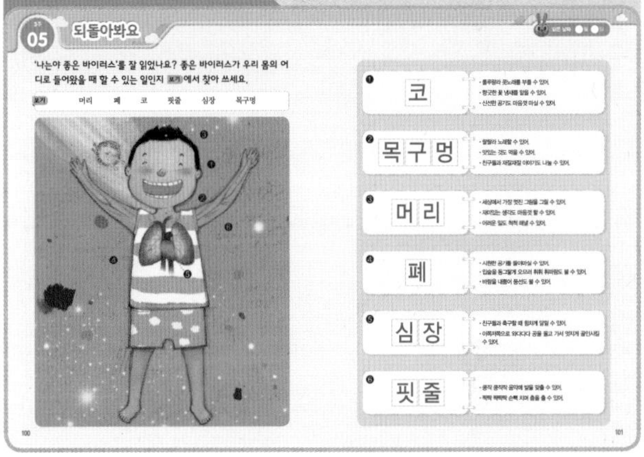

3주 102~103쪽 낱말 쏙쏙

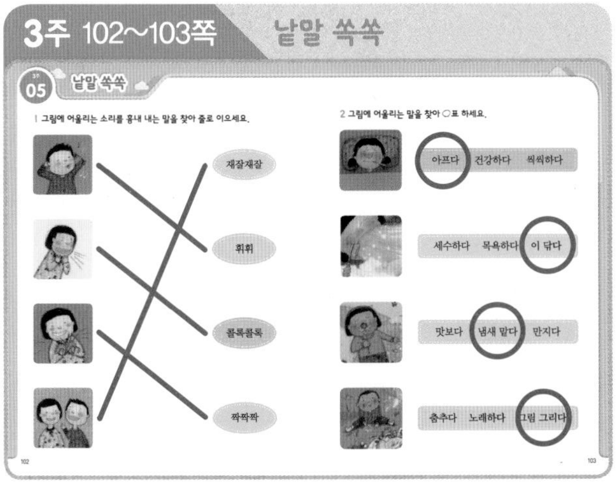

3주 104~105쪽 내가 할래요

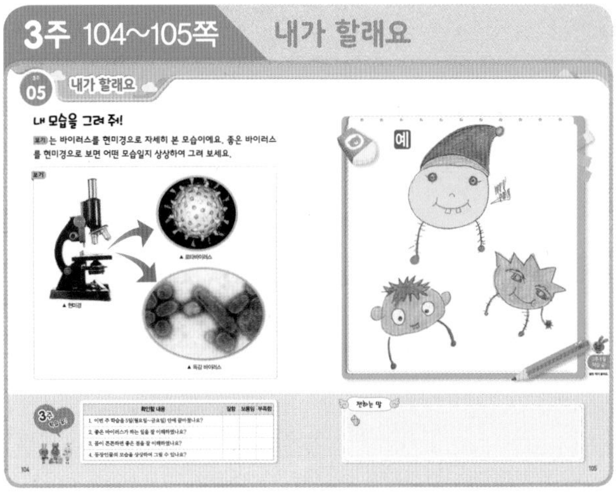

4주 상상이 날개를 달았어요

4주 107쪽 생각 톡톡

4주 109쪽

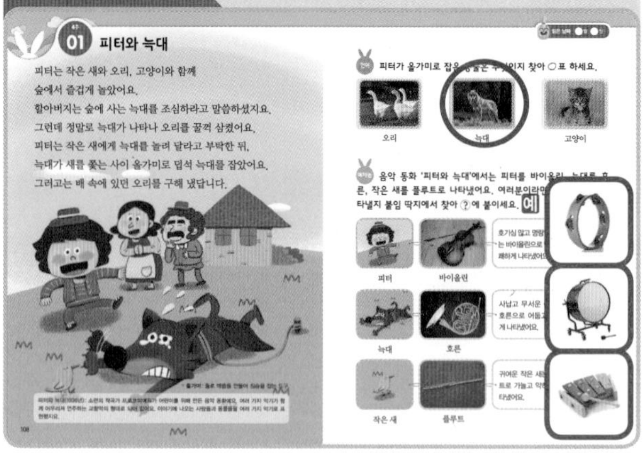

4주 111쪽

4주 113쪽

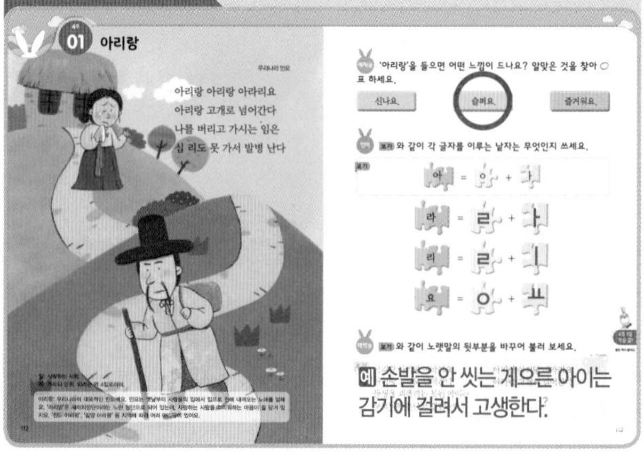

4주 115쪽

4주 117쪽

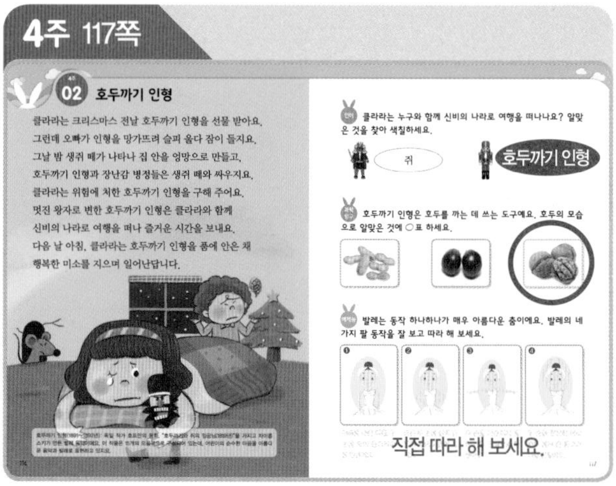

4주 119쪽

02 무대 위에서 춤을 추어요

멋진 옷을 입고 눈부신 조명을 받으며 무대 위에서
춤을 춘다면 어떨까요? 생각만 해도 기분이 좋아지지요?
드가는 발레를 하는 아름다운 모습을 그림으로 그렸어요.
무용수가 나비처럼 사뿐사뿐 발을 내딛으며
춤추는 모습을 실제로 보고 있는 듯하지요.

이 그림 속의 주인공 무용수를 무엇이라고 불러야 할까요? 아래 설명에서 알맞은 것을 찾아 ○표 하세요.

발레리나: 발레를 하는 여자 무용수를 뜻해요.

발레리노: 발레를 하는 남자 무용수를 뜻해요.

춤추는 장소를 바꾸면 그림이 어떻게 달라질까요? 어떤 장소에서 춤을 추면 좋을지 자유롭게 그려 보세요.

예

118 119

4주 121쪽

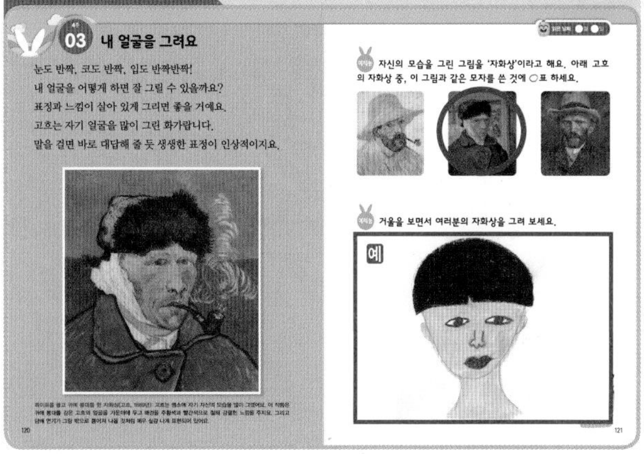
03 내 얼굴을 그려요

눈도 반짝, 코도 반짝, 입도 반짝반짝!
내 얼굴을 어떻게 하면 잘 그릴 수 있을까요?
표정과 느낌이 살아 있게 그리면 좋을 거예요.
고흐는 자기 얼굴을 많이 그린 화가랍니다.
말을 걸면 바로 대답해 줄 듯 생생한 표정이 인상적이지요.

자신의 모습을 그린 그림을 '자화상'이라고 해요. 아래 고흐의 자화상 중, 이 그림과 같은 모자를 쓴 것에 ○표 하세요.

거울을 보면서 여러분의 자화상을 그려 보세요.

예

120 121

4주 123쪽

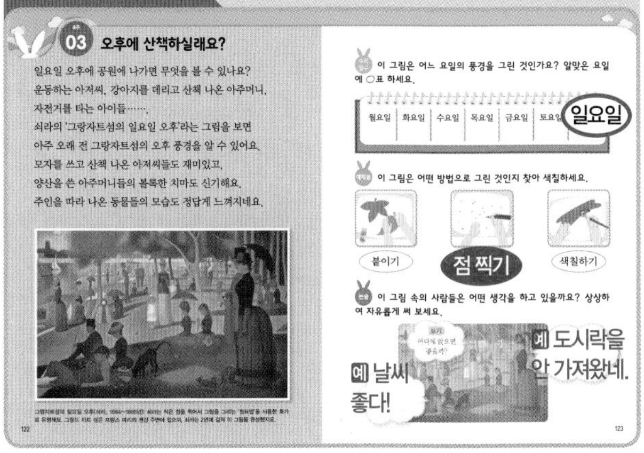
03 오후에 산책하실래요?

일요일 오후에 공원에 나가면 무엇을 볼 수 있나요?
운동하는 아저씨, 강아지를 데리고 산책 나온 아주머니,
자전거를 타는 아이들…….
쇠라의 '그랑자트섬의 일요일 오후'라는 그림을 보면
아주 오래 전 그랑자트섬의 오후 풍경을 알 수 있어요.
모자를 쓰고 산책 나온 아저씨들도 재미있고,
양산을 쓴 아주머니들의 볼록한 치마도 신기해요.
주인을 따라 나온 동물들의 모습도 정답게 느껴지네요.

이 그림은 어느 요일의 풍경을 그린 것인가요? 알맞은 요일에 ○표 하세요.

월요일 화요일 수요일 목요일 금요일 토요일 일요일

이 그림은 어떤 방법으로 그린 것인지 찾아 색칠하세요.

붙이기 점 찍기 색칠하기

이 그림 속의 사람들은 어떤 생각을 하고 있을까요? 상상하여 자유롭게 써 보세요.

보기 어디에 앉으면 좋을까?

예 날씨 좋다!

예 도시락을 안 가져왔네.

122 123

4주 125쪽

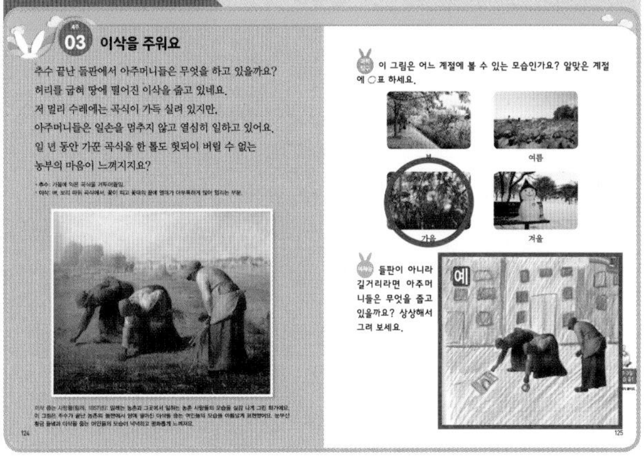
03 이삭을 주워요

추수 끝난 들판에서 아주머니들은 무엇을 하고 있을까요?
허리를 굽혀 땅에 떨어진 이삭을 줍고 있네요.
저 멀리 수레에는 곡식이 가득 실려 있지만,
아주머니들은 일손을 멈추지 않고 열심히 일하고 있어요.
일 년 동안 가꾼 곡식을 한 톨도 헛되이 버릴 수 없는
농부의 마음이 느껴지지요?

이 그림은 어느 계절에 볼 수 있는 모습인가요? 알맞은 계절에 ○표 하세요.

봄 여름 가을 겨울

들판이 아니라 길거리라면 아주머니들은 무엇을 줍고 있을까요? 상상해서 그려 보세요.

예

124 125

4주 127쪽

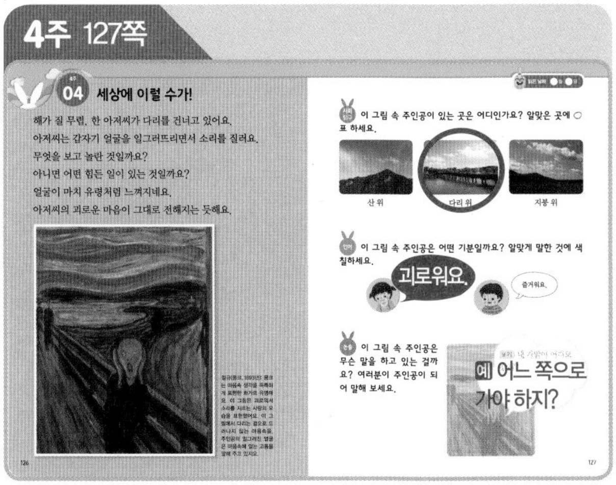
04 세상에 이럴 수가!

해가 질 무렵, 한 아저씨가 다리를 건너고 있어요.
아저씨는 갑자기 얼굴을 일그러뜨리면서 소리를 질러요.
무엇을 보고 놀란 것일까요?
아니면 어떤 힘든 일이 있는 것일까요?
얼굴이 마치 유령처럼 느껴지네요.
아저씨의 괴로운 마음이 그대로 전해지는 듯해요.

이 그림 속 주인공이 있는 곳은 어디인가요? 알맞은 곳에 ○표 하세요.

산 위 다리 위 지붕 위

이 그림 속 주인공은 어떤 기분일까요? 알맞게 말한 것에 색칠하세요.

괴로워요. 즐거워요.

이 그림 속 주인공은 무슨 말을 하고 있는 걸까요? 여러분이 주인공이 되어 말해 보세요.

예 어느 쪽으로 가야 하지?

126 127

4주 129쪽

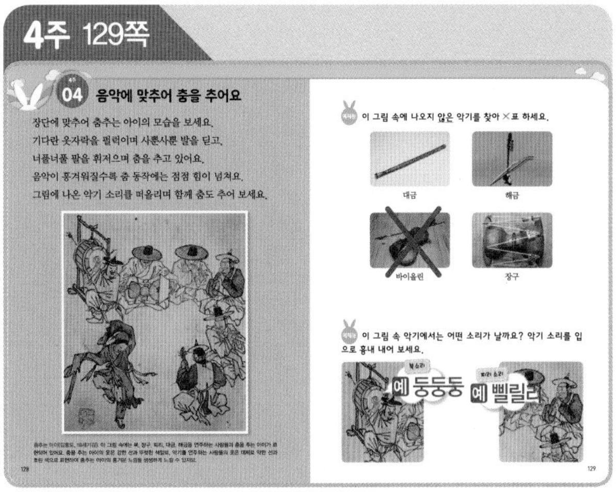
04 음악에 맞추어 춤을 추어요

장단에 맞추어 춤추는 아이의 모습을 보세요.
기다란 옷자락을 펄럭이며 사뿐사뿐 발을 딛고,
너풀너풀 팔을 휘저으며 춤을 추고 있어요.
음악이 흥겨워질수록 춤 동작에는 점점 힘이 넘쳐요.
그림에 나온 악기 소리를 떠올리며 함께 춤도 추어 보세요.

이 그림 속에 나오지 않은 악기를 찾아 ×표 하세요.

대금 해금 바이올린 장구

이 그림 속 악기에서는 어떤 소리가 날까요? 악기 소리를 입으로 흉내 내어 보세요.

북소리 예 둥둥둥

피리 소리 예 삘릴리

128 129

4주 131쪽

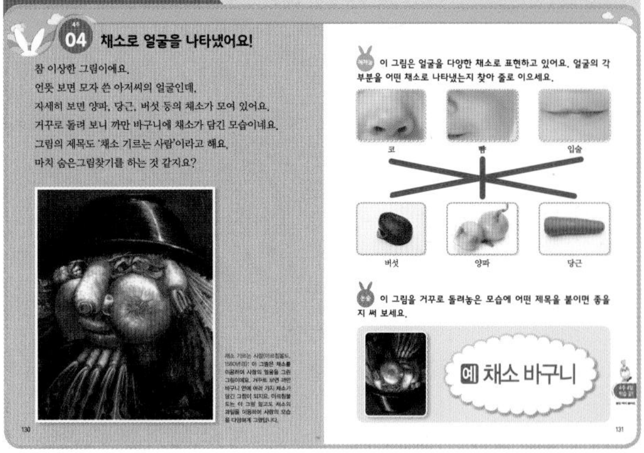

4주 132~133쪽 되돌아봐요

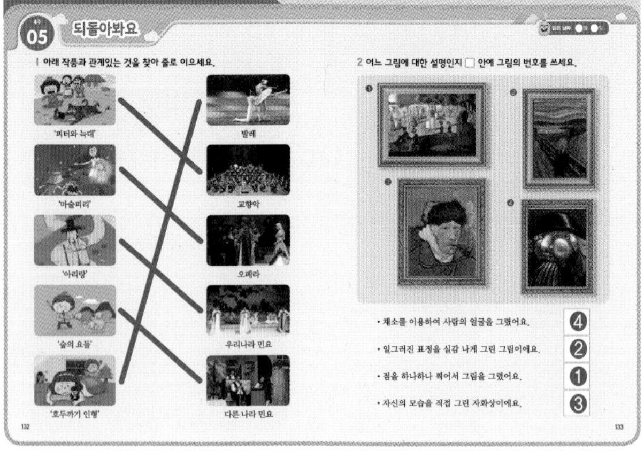

4주 134~135쪽 낱말 쏙쏙

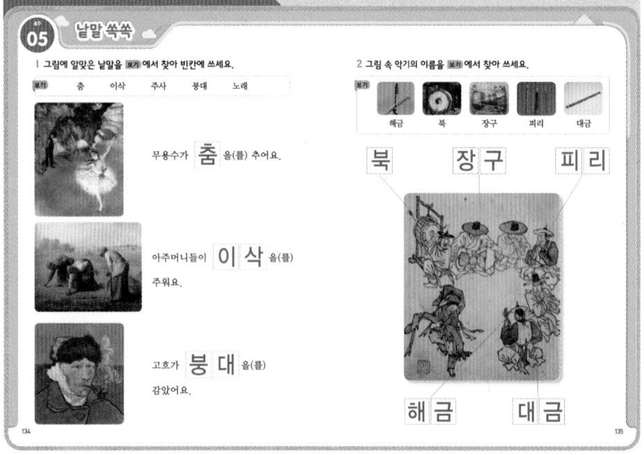

4주 136~137쪽 내가 할래요

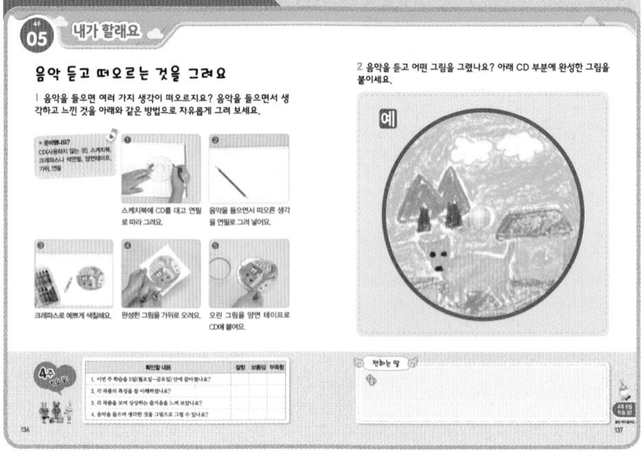

★ 하루 학습량(3장)이 끝나는 쪽에 다음 붙임 딱지를 ❶~❸과 같은 방법으로 붙이세요.

1주 1일 학습 끝!	1주 2일 학습 끝!	1주 3일 학습 끝!	1주 4일 학습 끝!	1주 5일 학습 끝!
2주 1일 학습 끝!	2주 2일 학습 끝!	2주 3일 학습 끝!	2주 4일 학습 끝!	2주 5일 학습 끝!
3주 1일 학습 끝!	3주 2일 학습 끝!	3주 3일 학습 끝!	3주 4일 학습 끝!	3주 5일 학습 끝!
4주 1일 학습 끝!	4주 2일 학습 끝!	4주 3일 학습 끝!	4주 4일 학습 끝!	4주 5일 학습 끝!

❶

❷

❸

❶ 붙임 딱지의 왼쪽 끝을 책의 붙임 딱지 붙이는 자리에 잘 맞추어 붙이세요.
❷ 붙이고 남은 부분은 점선을 따라 접어 뒤로 붙이세요.
❸ 붙임 딱지를 붙인 모습이에요.

★ 해당 쪽에 붙임 딱지를 붙이세요.

P4 1주 · 19

P4 1주 · 29

지구

달

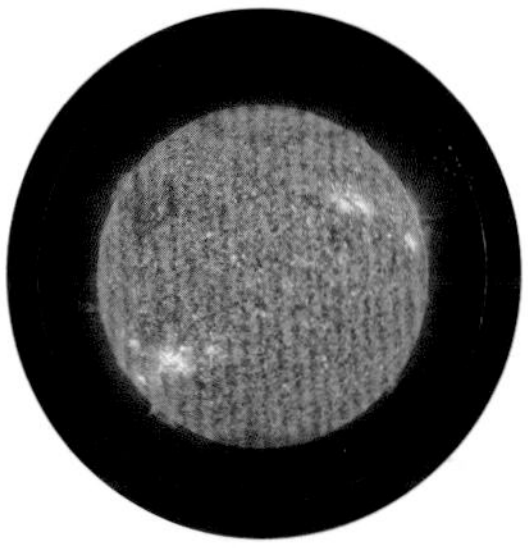
태양

P4 2주 · 45

삼촌

동수

P4 3주 · 93

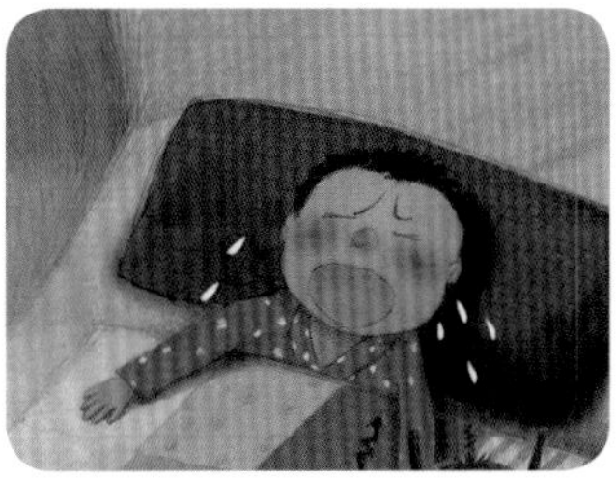

P4 4주 · 109

큰북

탬버린

실로폰

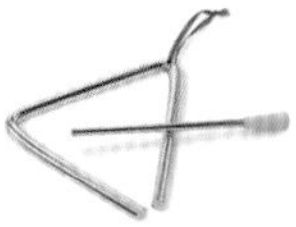
트라이앵글

피리

캐스터네츠

작은북